幸田文しつけ帖

幸田文 著

青木玉 編

平凡社

幸田文 しつけ帖

平凡社

装幀　吉田浩美　吉田篤弘（クラフト・エヴィング商會）

目次

第一章　父 露伴のしつけ

第二章　家事のしつけ

第三章　礼儀のしつけ

第一章

父 露伴のしつけ

個人教授

亡父は私が小さい時から、学問芸術の道にはむかない、と見透《みすか》していた。お金をかせぐ人になることも、まずは覚束《おぼつか》なかろう、といった。そうなればあとはもうきまっていた。平安な、なみな家庭を築いていくよりほかない。それにはとにかく、衣食住のことひと通りは知らなければならない。ところが継母《はは》と私は折合いがわるかった。そこで止むを得ず、父が家事雑用を教えてくれた。女親がうまくないのなら、男親が代って子の面倒をみるのは当然だ、というのだった。

おかげでどうにか、食事ごしらえや掃除くらいは、手早にこなせるようになった。なにしろ体力があるし、労働むきだったから、知った家の取込事《とりこみごと》などには、よく手伝いを頼まれた。若い勢いで、けっこう間に合わせたし、役に立ったとねぎらわれることもあった。

あるときやはり取込事を手伝って、何人かの同じ年頃の娘さんたちのいる前で、とくにそこの主人からほめられ、礼をいわれ、面目《めんもく》をほどこした。ところが、その娘さんのお母さん方が、私だけほめられたことで気まずかったらしく、主人夫妻の立ったあとで、きこえるほどの声で、私にあてこすりをいった——台所まわりのことはできても、お嬢さんのすることがなんにもできなくてはねえ、と。くやしくて、むかむかして、ものもいえなかった。さすがに座がしらけた。

うちへ帰って、父にうったえた。すると、まげていいわれたり、ないことをいわれたりしたのなら腹立つもいいが、その通りのことをいわれたのだから、別におこることはないじゃないか、という。なるほど座敷でする遊芸や茶の湯いけばなは、おまえには習わせておかなかった。いわれた通りではないか、という。私はよけいむかむかして、うらめしかった。習わせてくれさえしたら、カラ馬鹿じゃあるまいし、なんのお茶の一服、お花のいっぱいくらい、私にだってできようものを。お父さんは冷淡だ。いい調法にして毎日、台所をさせておきながら、なんという言種《いいぐさ》だろう、と不平が出かかった。

そういうように、本当のことをいわれたときには、素直に、仰《おお》せの通りといえばいい。恥ずかしいと思ったのなら、それもそのままお恥ずかしゅうといい、御指摘いただきましたのをよいたよりにいたしたく、何卒《なにとぞ》御指導を、と万事すなおに、本心教えを乞うて、何にもせよ、一つでも半分でもおぼえて取る気になれば、よかったではないか。水の流れるように、さからわず、そしてひたひたと相手の中へひろがっていけば、カッと抵抗してたかぶるみじめさからだけは、少なくものがれることはできた筈《はず》だと教えてくれ、それを教えておかなかったのは、親の手落ちで、すまないことをした、といった。今後も人中でねじられることはあろうが、もうこれからは慌てるな。刺されたと思ったら、まず一つ二つと数えて、気息《きそく》をととのえるうちに、受太刀《うけだち》がわかる、という。親の手ぬかりだった、といわれてはこちらも馬鹿だった、とすまなく思った。

ここでもう一ついわれた。おまえ台所へこもって、何年になるか、と。五年余りだった。すると、弱くはない、といわれた。それだけの月日を台所にいて、内心は知らず、表にたてては不服をいわず、ずっと黙ったなりで過ごしてきたのは、強かった、という。いたわり、ねぎらわれたのである。けれども、ただそれだけではない筈だ、と思わされた。私はあてこすりの一撃によわかったのである。それを父は強かった、という。台所五年の実績は、どういう強さなのか、私にはわからなかった。しかし父という人は、こういう時、しばしば寒気を漂わせる人だった。問答はこれまで、いつまでもへばりつくな、といった近よりがたい寒気を発散して、相手に会話時間の終ったことをさとらせる。つまり、こちらが引きさがるよりほかなくなるのである。考えたければ一人で、好きなだけ考えろ、というような打切りかたである。ものごと隅から隅まで、うるさいほどしつこく教えてくれる場合も、もちろんあるけれども、至れり尽くせりにはせず、おっぽり出したようにしか、面倒をみてくれないことも多かった。

ともあれ、この時の強かったなのねぎらいの一言は、いまだに効果が続いている。昨冬も病んで、その回復が遅々としてはかどらず、嫌な思いの日々だったが、黙って我慢することは心のバネの強化だ、と慰めることができた。父が私に教えてくれたことは、多くはこの種の浮世談義的なものだったが、教えかたはうまかったかとおもう。一生残るような教えをしてくれたということは、親子という個人教授の、もっともよき成果といえる。

学問ともつかず、文学ともいえないと思うが、浮世談義とも少しおもむきのちがう、そしてこれもまた私の一生の根になっている教えがある。それはごく幼いころに吹きこんでおいてくれた、自然への手引である。なにしろ幼くて、一緒に遊んでもらっているうちにおぼえたことだから、楽しさが主体になっている教えである。

からすが裸木に止っている。鳴く。ただ口をあけて鳴くだけではない。首をかしげたり、あちこち見たりしつつ鳴く。あいつは何を考えて、文句いってるのかな。そうだ、きいてやろうじゃないか。おい、かあ公、おまえなにいってるんだ、カーア、といった調子で父は木の下で鳴真似をする。時によるとからすは頭をさげて、父のほうを見る。その交歓のおもしろさを知ると、子供は自分もカアと鳴く。父はもっとやれもっとやれという。私はカアカア鳴く。からすと自分との距離は、木の高さであり、その高さをつなぐものは木の肌であり、梢の上には空の色があり、からすは実にくっきりして目におさまっていた。だからからすに次いで、百舌《もず》も鳶《とび》も会話の対象にするし、同様に目高《めだか》にも鮒《ふな》にも語りかけ、牛にも馬にも木にも花にも親密になった。

父はまた雨風や月や雲も、私へ近々と結んでくれ、石ころや溝川のうす氷にも引合わせてくれた。春のまひるの畑へ行き、十分に日を吸って、暖気を含んだその黒い土を手にとり、ほうこのぬくぬくしているのが、おてんとう様のおつかいさんだ、土はおつかいさんと上機嫌でおはなししているのだ、だからそらごらん、さらさらとたのしがっているだろ、という。土の機嫌を私は触感で知るのだが、これらの遊びには一種特別な、いいようのない喜びがあった。のちに思えば、これは心にしみこむ、ひどく快い弾み、のようなものがあった。もしかすれば父は幼いものを相手に、みずからもたのしんで、詩をうたっていたのかもしれない。とすればこの教えは、あるいは父の文学の一部分なのだったかとも思うし、私もまだ幼くて無垢で、父のそういう詩を受入れることのできる清さをもっていたのかとおもう。大根の花が白からうす紫に変っていくのを、毎日父としらべにいく張切りよう、脚立《きゃたつ》に登って、みかんの花をとっては、花の座の蜜をなめ、あくことなくあとからあとから取ってはなめ、取ってはなめ、さてやっと脚立をおりようとしたら、まわりじゅうに白い星形の花が乱れ散っていて、しきりに心いたんだことなど、自然とたわむれて尽くした哀歓は、いまもって私に宝もののような記憶となって残っている。

しかもこれら自然への手引は、私もようやく老いてきたこの十年ほどに至って、この上ない老後の仕合《しあ》わせにつながったのである。老いれば子にかえるという。老いてくれば自然に人と交わることも減ってくるし、親しかった人とも追々に別離がふえ、新しい友を求める気もなくなった。

自分の淋しさを若い人に押しつけるのも憚《はば》かられるし、いたわられればそれはそれで、気がねもする。どっちへ向いても、無理がつきまとうのが老いというものだった。そんな時、幼い日に勝手気ままに、随時随所で会話して楽しんだ、自然という友だちのことを思った。公害はあっても日も月も明るく、風は風の姿、雨は雨の形であって、改めて更になつかしかった。数は減ったが裸木にはやはりからすも来て、からすと私の距離には、木の肌がずっと伸びていることは昔と変りない。この黒いやつはカアと鳴く。私は思わず若返って、カアと声をあげる。カア公は首をかしげて、下をみてくれる。わあい、やっぱり昔なじみだい、と気がいさむ。そばにいる若い家人が、びっくり呆《あき》れて、笑いこける。そこに若い人との、気がねもなにもないつきあいが生まれている。私のまぶたには、父がうかぶのである。

親と子の間柄は、もちろんいろんな面で、いろんなつながり方をしている。が、教えも遊びも、その子一代のやしないになるものを贈り、そして受けるなら、これはまずはまあ、よきつながりというものだろうか。

（一九七一年　六十七歳）

おばあさん

父は生れだちからひ弱で、たびたび死ぬようにひきつけたそうである。ときは上野の戦争[1]、住いは黒門町《くろもんちょう》[2]だったから、短時間のうちに立退《たちの》かねばならない騒動になっている。そのなかで父は息も絶えだえに、眼をひっくりかえしてしまっている。「これを思うと知らざることとはいいながら、大大変《おおたいへん》のさなかにおっかさんに苦慮をおかけ申し、実におれというやつは生得《しょうとく》不孝の罪浅からざる申しわけなきやつで、おっかさんの御恩は洪大《こうだい》だ」と、時には感じて涙すら浮べていうのである。あんまり度々《たびたび》聴かされたので抑揚までおぼえている。そして結びには、弱即《そく》悪という論は成立つという事になる。弱即悪なら、世のなかの弱いやつはみんな死んじまえばせめて悪の蔓延《まんえん》は防げるだろうというと、「きさまごときがむやみに口を出せる境涯《きょうがい》か」と憤慨し、「第一ことばを出して人に不快を与える、自らの業《ごう》の穴を深くして苦しむ大馬鹿者」と来る。晩年父も私も非常に穏かに話していた或ときに、「文子は口《く》業《ごう》[3]が深いのですか」と訊いたら、「そうだ、まことに気の毒だ」といった。そのあとで、「おまえのみに限らず女は大抵そうだ」とわずかに慰めらしくいってくれた。気の毒とはおかしな返辞だとおもったが、日を経るにつれて、これは針のごとくわが心にささって利いている。気の毒である。

父のいくつのときの話だろう。寒くて手がこごえそうでたまらないので、脇明《あ》きから両手を胸に入れて温めていたという。男の子の着物は普通四つ身[4]から脇明きをつけない、脇の明いているのは附け紐を通すからで、附け紐を用いる男の子は極《ごく》小さい子に限るものである。おばあさんはこれを見て、「なぜそんなざまをしている」といった。「寒い」と答えた。母は小さい子を浮き柱[5]の前へ連れて行った。「手を出してここへぶつけてみなさい、火が出て温かになる」と教えた。――「おれは以来 懐手《ふところで》をしなかった」と聞く。

おばあさんは能筆《のうひつ》である。十二歳のときに書いたというものを見ると、自分達の十二歳時にくらべてちょっと驚く。無論お手本があったのだろうが、まるで大人の字のようである。父曰《いわ》く、「おっかさんの字は口を明《あ》いていないのさ」と。又曰く、「根性でも手でもたしかなのさ」と。世態も人の意も違ったんだろうけれど、それにしても十二で口を明いていず、徹してたしかなんぞという児に会っちゃ溜息が出る。おばあさんの字は誰に習ったのか、私は知らない。書体も何というべきか知らない。

うちでは毎年書きぞめをさせられる。父は人に頼まれた色紙や短冊を書くのではない、ほんとの手習いをする。子供はそのあとで書かせられる。学校の手本からは全然離れて、そのときに題を出されて書く。筆や紙は父のを使わせてもらう。そのときは竹林清石とやったと思う。唐紙二つ切りへあふれるような字を書いた。「すこし大き過ぎたな」と笑われた。翌日、下女に送られて紀《き》尾《お》井町《いちょう》[6]へ行き年賀を述べる。子供も新年は一人前に扱われお盃を頂く。それから書きぞめを出してお辞儀《じぎ》をすると、おばあさんが鴨居《かもい》にかけて見てくれる。独眼竜《どくがんりゅう》で見る。中気《ちゅうき》でぴくぴく引っ吊れる眼が、ものをよく見ようとする時には余計痙攣して独眼竜になる。「よろしい」といわれて先《ま》ず無事通過、一晩泊ると父が迎えに来た。「鉄ちゃんは文子の字を見てやってますか。」幼名鉄四郎だからこう呼ばれるのである。「すこしばかげてはいるけれど、見どころがあるかも知れないから何かお手本をおやんなさい。こうも大きな字は指図をしても書けないものです。」父はかしこまってお辞儀をしてあやまっている。私は、あれっと思った。家へ帰るとすぐ拓本をくれて、「これを習え」といわれた。智永《ちえい》[7]の千字文《せんじもん》[8]だった。天地玄黄宇宙洪荒と、いやな字がしょっぱなから並んでいる。私のばかでかい字が父をあやまらせたと思えば痛快だが、因果はめぐり来《きた》って習字となっては、まことにあまり楽しくない。手本を見て一人で勉強したが、金出麗水あたりでおけらの水渡り[9]になった。なまけてやらないので、父は機嫌をとるつもりで大きな硯《すずり》をくれたが、買収されなかった。硯より木登りの方がおもしろいからである。とうとう父は、「千字文はしなくてもいいから、せめて永字八法《えいじはっぽう》[10]だけはやれ」と厳命し、今度はそばについているから、なまけるわけに行かなくなった。

さて、やりだすとだんだんに註文が多くなって、しまいには、「第一おまえはからだの構えがいけない」といって、筆の持ちようからやり直しである。文字はさておき、棒も引けないというので、棒引《ぼうびき》の稽古《けいこ》をする。新聞紙の上から下までまっすぐに引く。どんどんやった。しばらくすると、貸してくれた筆のさきが台なしに切れたが、いたしかた無い、その禿筆で永字へ取っ組んだ。印々泥錐画沙《いんいんでいすいかくしゃ》[11]と教えられた。遂に、「ああ、おまえは火つきの悪い子だ」といった。私も大体いや気がさしているのだから、双方でいつとなくよした。それっきり私は習字に見切りをつけている。のちに予楽院《よらくいん》[12]だとか松花堂《しょうかどう》[12]だとかの仮名《かな》の写真版をくれたりして、「気に入らないか」といったが、私は活字の方がいいとおもっていた。「野蛮な女だ」といい、「おまえの字は風の吹き去る籾殻《もみがら》の如きものだ」と評し、「まあ文字なんぞどうでもいいけれど、名前ぐらいは人並にやってもらいたい」と嘆息した。そうかと思うと、「秀吉は大《たい》こうと仮名で名を書いたくらいだ」ともいって教える。文子の名、即ち亠《なべぶた》に乂《ねこのひげ》と教えたのは父である。いまさらに何ぞ筆墨《ひつぼく》の煩《はん》を労《ろう》せんやと予楽院も行成卿《ゆきなりきょう》[13]も埃まみれにした罰は、のちに痛くも知らされた。恋文を書く段になって、私はすくなからず当惑したのである。おばあさんは見込違いをしたわけである。

父は、「おっかさんの手には閉口する」などとよくいっていた。おばあさんの手は、たなごころが割合に広く厚い。指はやや骨太、やっとこでなくては切れないほど厚い竪長の爪がしっかりかぶさっていたと記憶する。へらの代りにしるしのつくほど厚い爪である。握力は強く、指一本一本に力がある。筆も三味線も雑巾《ぞうきん》も針もわけへだてない。かりそめの手遊《すさ》びの折紙なども、おばあさんのは細工方《さいくかた》でよくいう線がぴっと立っている、あれである。手拭《てぬぐい》は水の中で搾《しぼ》れるものだという。握力などは練習でどんどん増大するものだということを習った。雑巾がけなどは大抵の人のを見ていると、埃と一緒にずらずら撫《な》でくっているんだから、うすっ気味の悪いやりかただということである。

私は女学校低学年のとき、通学距離が遠いので日の短いあいだしばらくをおばあさんの所に置いていただいた。普通の学校の裁縫は一学期に一枚或《あるい》は二枚を仕上げれば、それでよい時間割になっている。ところがおばあさんは、私が二か月も三か月も同じ物をまごまごいじっているのが驚きであったらしい。――裁縫は二た通りにする。不断着《ふだんぎ》は拙速《せっそく》で事足り、いいものは入念に時間をかける。不断着は清潔第一とするからしばしば交替せねばならぬ、しばしば着かえるには手入れは敏速にせねばならぬ、敏速の実を挙げるためには拙はまた已《や》むを得ない、一寸三針五分一針[14]結構という。そのかわり、いいもの、男物はそうは行かない。男はよそで衣服を脱ぐ場合もまある、脱いだ衣服の始末《しまつ》は必ず他家の子女の手にかかる。また特にいい着物を着て出る場合は、同座する者もまたきっと綺羅《きら》を張っている、即ち品評会である。ものがよければよいだけに、粗《そ》相《そう》粗雑な針目は目に立って恥辱この上もないのだから、入念精美を要する。それにはたっぷりと時間をかけるべきだ、と。馬鹿丁寧な仕立かたをした不断着の垢づいているのは愚であり、いい着物の俄《にわか》仕立も内証が見えすいて未熟だというのが論である。そこで、私は専《もっぱ》ら拙速を奉じることにし、いいものは手に負えないから業とする人に賃をかずけて負わせようといったら、おばあさんにやにや、「わたしはおまえに縮緬《ちりめん》ぐらいは不断着だという大奥様になってもらいたいと思っているんだがね、そんな時にどんつく布子《ぬのこ》[15]なら縫います、柔かものは縫いませんといって、襦《じゅ》袢《ばん》まで人に縫わせるんじゃちょっと不便だろ。雷様の女房になっちゃそれでも勝手が違うけれど、お雛様だってたかが金襴だ、織物の数は大抵きまってるんだから裁縫も知れたものさ。けちなことといってないで何でも縫ってごらん。」敗北した私は父にこの話をした。「なに、おっかさんなら虎の皮くらい恐れるもんか」と笑って、「おれはなぜ女が糊《のり》の研究をしないか不思議でしかたがない。水に耐えることと剝脱《はくだつ》を自由にすることと布を損じないこととを考えればいいんだから、そんなにむずかしいしごとではないと思うがね。糊とアイロンで着物が処理できれば女の時間はずっと救える」といった。拙速よりまた一段といい話だから賛成したら、「どうだい、おまえやらないか。」全くうっかりしていると、始終なぐられてばかりいなくてはならない。

おばあさんの動植物に対する態度で父に訊いたことがある。なにか音楽会でもあったのか叔母は紋附《もんつき》を着て、花束を抱いて帰って来た。それは私などにははじめての蘭の巨大華麗な花だった。

二つに分けて一つはピアノの上へ、一つは茶の間に置かれた。朝食のあと、おやつの時、おばあさんはこの花を長いことぐっと見ている。父とは親子だからさもあるべきだが、瓜二つといいたい眼つきである。達磨《だるま》様のように上瞼《うわまぶた》は一線に引かれ、下瞼だけが弧を描いている。多少たるんだ上瞼は眼玉で押上げられているようなかたちである。ただ見るというのではない、見抜く眼の据《す》えかたである。「花品の上なるものではない」といった。父は、「恐らくそれはあたっているものかも知れない。おっかさんは西洋蘭の知識なぞおもちなさらないのだから、熟視して鑑定なさったのだろう。書も絵も見たことのないものは熟視することによってそのゆきたけは窺《うかが》われるものだ」と話してくれた。美人もそうやって見るのかと訊くと、「そうだ」といったから、そのころ言問《こととい》附近で美人と指される芭蕉庵の令嬢を私は縦から横から臆面もなく眺めわたし、これはなるほど美人だと鑑定した。父は、「そんなに美人なら見たいものだ」といったから、家へ招待した。その時この方はきっと十七ぐらいだったと思う。「さよう、才気ある美人だな」と裏書《うらがき》をしたから、私は熟視鑑定法を信仰した。その年だかその翌年だか、父の丹精した白薔薇がみごとに花をつけた。「これをあの綺麗《きれい》なお嬢さんにあげたらどうかね」と、ぱちぱちと切ってくれた。芭蕉庵の枝折《しおり》をはいった所は、たしか土庇《どびさし》の部屋だったとおぼえている。うす暗い庇の下にはで、な紫の着物、胸に白い花を抱いた人の美しさはめざましかった。楽しい想い出である。

菊や牡丹の賞玩用の花も、鷺草や銭苔も同じ眼つきで見る。普通の桜の実は大抵成熟しないうちに落ちてしまうものである。片側だけ陽に染まっている小さい実を手にして、おばあさんは、「ごみ箱へ棄ててしまうには惜しい美しさだ」と眺めていたことがある。父は花を見て情を動かすが、おばあさんは認めてなお悠然として納まっている風がある。動物、ことに犬は私自身も大好きだったので、おばあさんの態度を不思議におもった。習性から表情等随分よく知っていて愛は十分もつくせに、頭を撫でてやるようなことはなかなかしない。蛙も毛虫も、醜いから嫌うということはない。ただし鼠《ねずみ》はきたなくするのが困るといっていた。ひいおばあさんより又一と嵩《かさ》大きい人間だったそうで、「この方に会っちゃさすがのおっかさんも歯が立たないのさ」と、父はいたずらっ子のような顔をして嬉しがる。この人の手もすばらしい手で、触手光《しょくしゅ》を生ずというのは実際のことで、煙草盆でも懸《か》け硯でも身のまわりの物は何でも皆ぴかぴかになってしまうのだそうである。白いけれど男のような大きな手だったという。「裁縫なんぞ飛ぶがごとき早さなのだ」と、父は変てこな手つきでやって見せた。いつも泰然とすわっていたそうである。あるとき青大将が庭へ出て来た。勿論《もちろん》じっと見ていて、そして「実に立派な姿だ」といった。これを聞いて父は、「取って押えられたような気がした」といっていた。父の三十歳のときまで生きていたらしい。

おばあさんは三味線の達者だそうである。延子《のぶこ》叔母は幼くして音にさとかった。叔母を針仕事の前にすわらせて、二尺ざしをあてがい、一の糸二の糸、中指くすり指、上り下りの壺々、口三味線で教え、叔母はそれを理解してさらったのが稽古のはじまりで、「延の頭はたしかによい頭だ」と父は折紙をつけていた。ようよう三味線にとりつけるようになった頃の進歩は早かったことがうかがわれる。ランプ係は父の役であった。学校から帰って三味線をさらいはじめると日は暮れかかる。妹に灯《ひ》をやろうとする父は、おばあさんにとめられた。「音楽は盲でもやります、灯はいりません。」――「こういうことばを聞く者は大抵批判なく先ず、むごいというが、それはあたらない。おっかさんは女には珍しく底を見ている方だ、実におっしゃる通りだ」と、父は私の感情を諭《さと》しただすのである。

長兄成常《しげつね》[16]は女房運が悪かったのか自ら不埒《ふらち》だったのか、妻を易《か》えること再三再四だったという話である。これはその初か二番目かの人、まだ若く色白に「ぽたっとしていた」と父は形容した。嫁入って来てもまだ高島田にあげ、紫の矢絣を着ていたそうで、父はこの人の「ぼうっとしたのが好きだった」といった。父の切りだしを買うために、おばあさんは嫂《あによめ》に介添を申しつけた。おとなしいその人は弟の択《えら》むにまかせて支払を済ませた。欣々《きんきん》と帰って礼を述べ買物を見せると、一と眼じろりとくれて、やおら嫁の方へ向き直ったおばあさんは、「わたしはかたわの子は産みませんよ。」人斬り村正《むらまさ》[17]的なことばである。度肝《どぎも》をぬかれて父も嫂も、何が何だかわからない。小刀は左刃であった。兄は方々へひっかかって外泊が多く、家政は立たず諸払は滞《とどこお》る。おばあさんはこれを皆嫁の意気地なしに帰したので、やがてこの人は去った。挨拶をして俥に乗るうしろ姿は、「しみじみ眼に残っている」と話し、「おれはこの人が好きだった」という。

父は小さいときに犬が欲しくて一しょう懸命に願って、世話一切御迷惑相かけまじくと誓約し、ようようむく犬一匹の主人になった。ともしいお小遣《こづかい》をためては、こまぎれを買ってやる。おばあさんは昔風だから二足四足《にそくしそく》[18]は大嫌い、屋根の下で煮ることをゆるさないから、専用の穴あき鍋と毀《こわ》れ七輪を外に持ちだして、竹の皮を明けると、こはそも如何《いか》に豚の鼻の頭が載っかっている。はすかいに切られて、粗毛《あらげ》が五六本くっついて、ぽこんぽこんと二つ穴があいて。いかに何でも鼻を煮ることはいやなので、火箸でつまんで石の上へ置いて眺めると、はかなく悲しかったという。おかしくなかったかと聞いたら、「おかしいもんか。おまえはどうも桂馬《けいま》[19]筋に感情が動くようだから、人づきあいはよほど気をつけろ」といわれた。随分すごいこまぎれがあったもんだ。

おじいさんは文明開化なので牛肉をたべる。亭主関白の位だから、おばあさんはいやな顔をしながら黙認しているが、すき焼はおじいさん手ずからちーちーとやる。食事が済むや否や、おばあさんは鍋へ熱灰をふりかけて、わざわざ井戸端へ持って出てしゃっしゃっと洗ったという。それが息子達はどんどん大人になる、娘達は洋行をするで、私が世話していただいた頃はおばあさんは大ハイカラで、風月《ふうげつ》[20]のコキールがどうで、伊勢蝦《いせえび》はマヨネーズがどうとかいっていなさった。

父は幼い弟妹のおやつにするため、味噌漉《みそこし》を持って明神下《みょうじんした》まで焼芋買いにやらされる。芋は必ず風の吹き通す縁側でたべさせられた。こぼれても掃除の手がはぶけるのである。明治初年といえばまだまだ封建の色濃い時代である、いくら小さくとも男の子の体面というものには格があって、士分《しぶん》の子が焼芋買いに行くのは周囲の憫笑《びんしょう》を招く。しかし、おばあさんは儼《げん》としている。次男三男の冷飯っ食い、芋買いがなんだ、と。何かにつけて冷飯っ食いの矢は、大っぴらに切って放たれた模様である。次男の郡司《ぐんじ》伯父[21]は父とは少し年が離れているから、芋をたべたいところから抜けていたので、冷飯っ食いは父が一手引受人になっていたらしい。次男三男に生れるのは自ら望んですることでない、運命は成行《しげゆき》[22]へ生誕に於てすでに辛き十字架を負わしている。父は一再ならずこの話を聞かせたが、父母を恨むことばは私の前ではかつて一度も口にしたことがないけれど、悲憤あふれる口調は私をしておばあさんを憎悪敬遠させるに十分であった。私は次女である。あるとき遂に黙っていられなくて、おそるおそる、おばあさんの偏頗《へんぱ》依怙《えこ》を鳴らした。父はむっつりと、「人には運命を踏んで立つ力があるものだ」といった。私は自分の上にも、かつての父の幼き日と似たような忍耐の約束がなされていることを知って、泣いた。四十年を隔てて父のあとを行く私は非力である。愛さるるも愛されざるも、ああ致しかたもないことだ。

父は十九歳、北海道に任官し定収入ある身となって二年、職を棄てて浪人となり、ふたたび上京して母の家に落ちついた。「おっかさんは御不機嫌だった」とこぼして話す。そして二十歳を越えた青年は、共同井戸に米をとがされている。利心《とごころ》も文才もへったむくれである。友達の誰かれに見られたくなさから、わざと後《おく》れて井戸端へ出れば、もてたい盛りの若者達は浴衣《ゆかた》さっぱりと近所の清元《きよもと》だか常磐津《ときわず》だかへ蚊弟子《かでし》[23]に通う頃合で、「おや幸田どうした米なんぞといで、誰か病人か」といわれたという。「笑えなかったとはあの頃はけちな料簡《りょうけん》だったなあ」と述懐している。

山室幾美子《やまむろきみこ》を妻に迎えるについて、おばあさんにはどうやら難色があったらしい。父二十九歳、すでに名を謳《うた》われている。何も取柄《とりえ》のない貧乏素町人の娘を貰うことはない、という気があったらしい。嫁の里方にも難色があった。素町人からすれば小説書きへ信用は薄かったらしい。結婚式場は芝の小さい住いの二階八畳である。型のように座蒲団。桐の手焙《てあぶ》りは借りものだったという。八畳へ嫁婿、仲人夫妻、双方の親兄弟ではぎゅう詰である。そこへ膳が出る。式の通りに盃が済んでもまだ馴染《なじみ》のない親類同士はうちとけきれず、沈黙がちの席をとりもつ給仕人は、狭くて取廻しに苦労している。おばあさんは憚《はばか》らない声で、火鉢を指していった。「邪魔になるものはさっさと出して返しちまいなさい」と。これは母をして、どうあっても仕《つか》えぬくという意気を固めさせ、父をして妻をかばってやる心やりを生ぜしめたと聞く。父は辟易《へきえき》して冷汗を掻《か》いたというくせに、「おっかさんはぐさりと腐れのないものいいをなさった方だ」という。私はかつて父のこういう態度に気を配り、これが父の人を赦《ゆる》すの道ではないかとおもっている。平気で相違することをいいだす父にも馴れたが、いかなる意図か判じがたい場合も多い。境涯に段階のひらきがあれば、理解のはしに達せぬも已《や》むを得ない。そういうときは、見送りのナッシングで済ましておく。が、これは私がただ思ったただけで、父にただしたのではない。そんなことをいえば、「ま、しゃべるよりさきにちっと偉い人達の書いたものでも読んでごらん」というにきまってる。「そこいらは、とうの昔から写真入りの道案内一部三銭五厘、誰でも知ってる風景だあね」といわれそうでもある。

おばあさんは母を、すぐに受入れようとせず鋭く見ていたらしいのが、父の口吻《こうふん》[24]にわかる。音曲も遊芸も学問もない平凡な母に、ただ一つあったものは、たちにもよるが家事への精励である。口も八丁手も八丁の姑に厳しく見られれば見られるほど、事は容易になって行ったのである。具《ぐ》眼《がん》[25]の士に検閲されることは最も正しき価値の決定である。「おっかさんはとうとうお幾美の贔屓《ひいき》になった。」父はいう。おばあさんは私にもよく、「おまえのおっかさんは」といって褒め、しかしそのあとで、「大層辛抱強いしっかり者さ。辛抱も過ぎりゃあぶなく強情っ張りだがね」と皮肉の響のあることをいった。愛情はとにかくとして信用を得たことはたしからしいが、これは私の、そして父の甘いところかも知れぬ。

時間ということにおばあさんは進歩的だった。——人は誰でも好きなことをしてのんびりしている時をもたなくてはいけない。家事というものは行く河の流れと同じで、絶え間もなく続き続き、渋滞すればたちまち膨脹汎濫するから、何事をおいても先ずこれを一埒さっとかたづける。果て知らずという性質をもったのが家事だから、われからくぎって規矩《きく》にはめなくてはならぬ。

最も明瞭、もっとも早く、能力と体力との限りを尽したところが、その人の規矩だから、そうして一っ時でもいいからのびやかな時間をもたなくては、こせこせしていけない。お経をあげながら台所を気にしたり、御飯を嚙《か》みながら銭勘定の胸算《むなざん》なんか嫌いだ。なんでものうのうとしなくちゃ立派じゃない。よく、子供が多くてということをいうが、あれはよっぽどおかしな話で、子供は一家運営の基礎ではない。本末顚倒している。子供なんぞは何人あってもその拠《よ》って立つところの家の、そのまた動脈たる家事に協力させるべきで、もともと能力未発達のものが子供なのだから、それに大人である親達が規矩を乱されてうだくだしているのは正しき愛情でない。子を産める女は体力があるのだから、そのあとに来る育児の労にも堪えられるべきで、病弱で人に迷惑をかけるようなら寧《むし》ろ産まない方がいい。子供は望んで得られるものではないけれども、向う向いている間にひょこりと飛び出して来たなどということはないものである。今の人達は子より寧ろ親の方が何かにつけ、あまったれ根性を出している、というのが家事観である。露伴先生だって子供だったのだから、おばあさんの規矩のなかで協力させられ、芋買い米とぎはいささかも不思議でないらしい。孫に至ってはもうおばあさんも年を取っていなさったから、よほどお手柔かなお取扱をいただいたわけである。

女中を雇うのに試験があった。口頭試問はいうもさらなり、能力検査があった。筆を与えて受《うけ》取《とり》を書かされるのだ。字なんぞ下手でも明瞭ならいい。形式もまあまあであるが、趣意と判のすわり所がしっかりしていれば採《と》る。張物《はりもの》をさせる。材料は片袖ぐらいな絹とメリンス。絹はたきにしようとするやつだから、窶《やつ》れてぺろぺろであり、メリンスはわたわたに古びているから、幅に出せばたけがつまり、たけに出せば幅はいくらでも狭くなる代物である。洗濯は足袋であった。私はみんなできなかったから落第であった。

　副食物は保存のできるものは大量製作であった。女二人の家内であるにもかかわらず、豆とか昆布とかいうものは大井一杯煮て、節《せつ》のあるものは出盛りのときには毎日でも料《りょう》る。このやりかたはたしかに父に伝っているし、私も遵奉《じゅんぽう》している。食物ではすこし腑に落ちないことがある。叔母さんの所は貴顕《きけん》富裕の子弟が稽古に来るのだし、交際は華やかだったから、方々から贈り物は多い。祝祭日には御所や宮家《みやけ》から御料理お菓子を頂戴《ちょうだい》する。厨房・菓子簞笥は常に豊富なのである。しかるに食卓は春光至って桃李《とうり》一時にひらくの豪華を見ることはない。ほそぼそと続き、先から腐る出来損いの乾瓢《かんぴょう》である。虎屋[26]の煉切《ねりきり》は乾割《ひわ》れてあかぎれの如く、藤村[26]の羊羹は砂糖に還って皮膚病の如く、風月のカステラはひからびて軽石に似る。おばあさんのことだから、きっと確たる拠《よ》りどころがあるのだろうけれど、食物のことだったから誰もたしかめることはしなかった。与えることの多きに過ぎれば自然冥利《みょうり》に背《そむ》くたべかたもする。栄耀《えよう》の餅の皮を鼠に引きずらせるのは下女もふしだらだが、主人の器量も足りない証左《しょうさ》であるという意もおもえる。人のこういう風を見れば誰でもすぐあげつらうが、実は皆多少にかかわらず蒐集《しゅうしゅう》保有欲をもっている。

父兄弟もその傾向はもちながら、このおばあさんの態度は好んでいなかった。一緒に住んでいるから延子叔母は口に出して、「うちでたべきれない分はよそへおあげなさい」といった。もっとも端的に直截《ちょくせつ》に反射したのは父だった。「食物の時機を失うことぐらい勿体無《もったいな》いものはない。うまいうちにたべてしまうのがそのものへの愛情、贈り主への礼儀というものだ」と、到来物《とうらいもの》はどんどんかたをつけてしまう。子供のころには、年末には青竹の籠にはいった鴨がいくつも重なる。父は、「天物《てんぶつ》を暴殄《ぼうてん》しては罰があたる」といって、さっさと人にやりたがり、時には行きずりの俥屋なんぞを連れて来て、「おあがり」なんていったことがあって、オバ公さん[27]に文句をつけられていたのを覚えている。弟はこれをまねてやたらと摑《つか》みだしては、牛乳屋にでも郵便屋にでもやってしまう。あるときは水れんの鮒をしゃくい出して、はねるやつを盆に載せ、近所の家へ持って行ったりした。父は叱るどころか、「いい気象《きしょう》だ」といって喜んでいるくせに、私が友達に頒《わ》けようとして赤い色紙を持ちだしたらおこられた。

　おばあさんにくらべて、おじいさんの記憶は薄い。いつの頃からだか知らないが、私が知ってはおじいさんは別居していた。容貌は成友《しげとも》叔父[28]がよく似ている。若いときに従来の仏教を廃して、植村正久氏へ走り耶蘇教《やそきょう》[29]信者となった。植村氏はのちに父の再婚の式を司《つかさど》り、私に洗礼を与える牧師であるから、妙なめぐりあわせである。うちはどうせ維新の貧乏士族だから大したものがある筈もないが、抹茶道具の一式や陶漆器什器などがごてごてしていたそうで、それらを貧のゆえにか宗教的発奮によるものかわからないが、教会へ入るとともにおじいさんは二束三文《にそくさんもん》にみんな売りとばしてしまったという。父が分家独立するときに、おじいさんは売りのこしの釜と自在《じざい》[30]と他に径三寸ぐらいの球《たま》をくれた。その球は父の子供の時分に腹痛を起すと、それを削って飲ませられたという。「なおりましたか」と訊くと、「そんなことわかるもんか、むちゃくちゃさ、護符《ごふ》のようなものだもの」と。分析して見たらただの粘土の塊だったというが、非常に重くて手擦れて垢光りがしている。堅木の台に羽二重《はぶたえ》の蒲団を敷いてうやうやしく置いてあるところはただものでない感じを抱かせるから、不思議なものである。青年の郡司伯父はどうもこの球の真相がただしたくてたまらず、ある時こっそり持ちだして、三尺もある大きな庭石へ力のかぎり投げつけたところ、砕けもせず鈍音とともに弾んだそうである。父は鋸《のこぎり》で引いてみたいといっていたが、敢《あえ》てすることもなく、戦火で行方不明となるまでは父上御形見といって釜と一緒に押入に鎮座していた。

　父は秘蔵っ子の姉にお茶を習わせていたから、やがては釜を姉に与える心組《こころぐみ》だったろうと考えられる。私は十六七歳の時分には友達のお茶の稽古の話を聞いて、師に就きたいと思いながらそれを願出ることとさえ、父の秘蔵娘を失った悲しい思い出を掻き立てやしないかと憚ってひかえた覚えがある。焼けあとに立ったときには、まだ熱気のある焼け瓦を掻いて誰が掘り出したのか、天日にさらされてただれた釜は、露坐《ろざ》の大仏のようにころがっていた。「釜も焼けたろうね。」疎開の仮の宿の薄暗い天井を見ながら話す父の声音は、竹の葉を渡る風のようであった。私はことばを繕《つくろ》って、むざんな姿を見たことをいわなかった。その後焼けあとへ行ったときは、人が持去ったと隣人に聞いた。武器を棄てた日本になっての翌春、久しぶりに安成二郎[31]さんからおとずれがあって、焼けあとにて自在の鎖を見つけ記念に持帰り只今《ただいま》宅にありといってよこされた。果して父の眼に、感情が一瞬の影を見せて流れた。安成さんは私の代りに親孝行してくださった、と思っている。

　努力論[32]が本になったときに浜町の隠居所へ持って行った。おじいさんは床の上にすわって、看護婦に世話をさせていた。本をあげると押し頂いて瞑目《めいもく》し、本はわなわなと顫《ふる》えた。看護婦があわてて枕のそばから手拭を取って渡したので、私ははじめておじいさんが泣いていることを知った。おまえのおとっつぁんは兄弟一番に抜けているということを、くりかえして聞かせ、「うちへ帰ったらおじいさんが面目」といった。面目ということは何のことだか知らなかったので、そのことばだけが耳にささった。とにかく帰宅しての口上は、おじいさんは面目とおっしゃったと伝えた。父はおじいさんを「温厚なかただ」ともいうが、「むらっ気がおあんなさるところは少し閉口だ」ともいっている。琴を弾き、太十《たいじゅう》[33]を唸り、蓄音器を喜んでいる。父の糊細工の技術は皆おじいさんから譲られたものである。父母の日常の雑用は、兄弟みなが醵出《きょしゅつ》して献《たてまつ》っていた模様である。

（一九四九年　四十四歳）

註

1 ［上野の戦争］慶応四（一八六八）年、上野寛永寺の旧幕府軍と新政府軍との戦い。露伴は、その前年生れ。

2 ［黒門町］上野寛永寺の門前町。現在の台東区上野一、二丁目。

3 ［口業］言葉によって行う善悪の行為。ことに悪業。

4 ［四つ身］子どもの着物。身たけの四倍の用尺で身ごろ等を裁って縫うことからこう呼ぶ。

5 ［浮き柱］四辺が壁に接していない柱。

6 ［紀尾井町］祖母が同居する叔母延《のぶ》の家があった所。現在の千代田区紀尾井町。幸田延は、東京音楽学校教授を経て、宮中東宮御用掛となった。

7 ［智永］中国六朝期の名筆の僧。楷書、草書の千字文で名高い。

8 ［千字文］「天地玄黄」で始まる千文字の、習字の手本。

9 ［おけらの水渡り］最初は熱心だが途中であきてしまうこと。

10 ［永字八法］「永」の一字に含まれる、すべての漢字に共通する八種の運筆法。

11 ［印々泥錐画沙］泥へはんこを押すように、また、錐で砂へ字を書くつもりで、の意味。ゆっくりと重く遅く、ていねいにしなくてはいけない、という教え。

12 ［予楽院］［松花堂］江戸期の書画茶道の通人。

13 ［行成卿］藤原行成。平安期の書の達人。

14 ［一寸三針五分一針］約三センチに三目、一・五センチに一目。

15 ［どんつく布子］ふしくれだった木綿でできた綿入れ。

16 ［長兄成常］露伴の一番上の兄。実業家。

17 ［村正］ 室町期の刀工。伝説的な名刀を作った。
18 ［二足四足］ 二足は鶏、四足は豚、牛、馬などのけもの類。
19 ［桂馬］ 将棋の駒のひとつ。一目おいて左右斜め前方に飛ぶ。
20 ［風月］ 上野風月堂。昭和初期から上野広小路に洋食レストランを営業。
21 ［郡司伯父］ 露伴の二番目の兄。郡司成忠《しげただ》。海軍軍人、北方探検家。郡司家へ養子に入る。
22 ［成行］ 露伴の本名。幸田家四男。
23 ［蚊弟子］ 夏の夕方ころは稽古に通うが、涼しくなると来なくなる、いい加減な弟子。
24 ［口吻］ ものいい。
25 ［具眼］ 見識のあること。
26 ［虎屋］［藤村］ 東京の和菓子の老舗。
27 ［オバ公さん］ 生母幾美子の姉。生母の没後、継母が来るまで、露伴家で子どもの面倒を見た。
28 ［成友叔父］ 露伴の弟。幸田家五男。歴史家。
29 ［耶蘇教］ キリスト教。
30 ［自在］ 炉の上から釜などをつるす鉤。高さを自在に調節できる。
31 ［安成二郎］ ジャーナリスト、歌人。
32 ［努力論］ 明治四十五（一九一二）年刊行の露伴の著書。
33 ［太十］ 浄瑠璃「絵本太功記」十段目の略称。

あとみよそわか

掃《は》いたり拭《ふ》いたりのしかたを私は父から習った。掃除ばかりではない、女親から教えられる筈《はず》であろうことは大概みんな父から習っている。パーマネントのじゃんじゃら髪にクリップをかけて整頓することは遂に教えてくれなかったが、おしろいのつけかたも豆腐の切りかたも障子の張りかたも借金の挨拶も恋の出入も、みんな父が世話をやいてくれた。

人は父のことをすばらしい物識《ものし》りだというし、また風変りな変人だというが、父にいわせれば、おれが物識りなのではなくてそういう人があまりに物識らずなのだといい、わたしが変なのではなくて並外れの人が多い世の中なんだ、ということである。ははあとも思い、はてなともおもっていた。いずれにせよ、家事一般を父から習ったということは、そういう父の物識りの物教えたがりからでもなく、変人かたぎの歪《ゆが》んだ特産物でもなかったのである。露伴家の家庭事情が自然そういうなりゆきにあったからであり、父はそのなりゆきにしたがって母親の役どころを兼ね行ってくれたのであった。私は八歳の時に生母を失って以後、継母に育ての恩を蒙《こうむ》っている。継母は生母にくらべて学事に優り、家事に劣っていたらしい。

この人は教育者の位置にあった人であるが、気の毒にも実際のまま子教育には衝《つ》きあたることが多かった。失望、落胆、怒り、恨み、そして飽き、投げ出すという順序である。教えてやろうとするから私もいやな思いをする、子も文句をいう、世間じゃまま子いじめだという、ほっとくのが一番面倒が無くていいという宣言は、父も私も幾度も聴いている。父は兄弟の多い貧困の中に育って、朝晩の掃除はいうまでもないこと、米とぎ・洗濯・火焚き、何でもやらされ、いかにして能率を挙げるかを工夫したといっている。格物致知《かくぶっちち》[1]はその生涯を通じていい通したところである。身を以《もっ》てやった厳しさと思いやりをもっている。おまけに父の母である。八人の子のうち二人を死なせ、あとの六人をことごとく人に知られる者に育てあげた人である。ちゃんとイズムがあって、縫針《ぬいはり》・庖丁・掃除・経済お茶の子[2]である、音楽もしっかりしている。こういうおばあさんが遠くからじっと見ていて、孫娘が放縦に野育ちになって行くのを許す筈が無い。そして問題の本人たる私は快活である、強情っ張りは極《ごく》小さいときからの定評、感情は波立ち易《やす》くからだは精力的と来ている。こういう構成ではどうしても父がその役にまわらなくては収まりがつかないのである、その心情は察するに余りあるものである。

はっきりと本格的に掃除の稽古についたのは十四歳、女学校一年の夏休みである。教育は学校の時間割のように組織だってしてくれたというのではない。気の向いた時に教えてくれるのだが、大体十八位までがなかなかやかましくいわれた。所は向嶋蝸牛庵《むこうじまかぎゅうあん》[3]の客間兼父の居間の八畳が教室である。別棟《べつむね》に書斎が建つまでは書きものをする所にもなってい、子供は勿論《もちろん》、家人も随意な出入は許されていなかった、いわばいかめしい空気をもった部屋であった。つまり家中で一番大事な、いい部屋なのである。玄関でなく茶の間でなく寝室でない、この部屋を稽古場にあてられたことは、稽古のいかなるものであるかを明瞭にしている。十四といえば本当の利《き》かん気の萌《も》え初める年頃である、これはやられるなと思い、要心し期待し緊張した。道具を持って来なさいといわれて、三本ある箒《ほうき》の一番いいのにはたきを添えて持って出る。見て、いやな顔をして、「これじゃあ掃除はできない。ま、しかたが無いから直すことからやれ」というわけで、日向水《ひなたみず》をこしらえる。夏の日にそれがぬるむまでを、はたきの改造をやらされ、材料も道具もすべて父の部屋の物を使った。おとうさんのおもちゃ箱と称する桐《きり》の三つひきだしの箱があって、父専用の小道具類がつまってい、何かする時はきっとこれを持ち出すのである。鋏《はさみ》を出して和紙の原稿反故《ほご》[4]を剪《き》る、折る。折りかたは前におばあさんから教えてもらったことがあるから、十分試験に堪えた。団子の串に鑢《やすり》をかけて竹釘《くぎ》にする、釣綸《つりいと》のきれはしらしい渋引の糸屑で締めて出来上り。さっきのはたきとは房の長さも軽さも違っている。「どうしてだか使って見ればすぐ会得する」といわれた。箒は洗って歪みを直した。第一日は実際の掃除はしなかった代りに、弘法《こうぼう》筆を択《えら》ばずなんていうことは愚説であって、名工はその器をよくすというのが確かなところだということを聞かされた。その日、その部屋は誰がどう掃除したか、まるで覚えていない。

第二日には、改善した道具を持って出た。何からやる気だと問われて、はたきをかけますといったら言下に、「それだから間違っている」と、一撃のもとにはねつけられた。整頓が第一なのであった。「その次には何をする。」考えたが、どうもはたくより外《ほか》に無い。「何をはたく。」「障子をはたく。」「障子はまだまだ！」私はうろうろする。「わからないか、ごみは上から落ちる、仰向《あおむ》け仰向け。」やっと天井の煤《すす》に気がつく。長い采配《さいはい》[5]の無い時にはしかたが無いから箒で取るが、その時は絶対に天井板にさわるなという。煤の箒を縁側ではたいたら叱られた。「煤の箒で縁側の横腹をなぐる定跡《じょうせき》は無い。そういうしぐさをしている自分の姿を描いて見なさい、みっともない恰好《かっこう》だ。女はどんな時でも見よい方がいいんだ。はたらいている時に未熟な形をするようなやつは、気どったって澄ましたって見る人が見りゃ問題にゃならん」と、右手に箒の首を摑み、左の掌《てのひら》にとんとんと当てて見せて、こうしろといわれた。机の上にはたきをかけるのはおれは嫌いだ、どこでもはたくはたきは汚いとしりぞけ、漸《ようや》く障子に進む。

ばたばたとはじめると、待ったとやられた。「はたきの房を短くしたのは何の為だ、軽いのは何の為だ。第一おまえの目はどこを見ている、埃《ほこり》はどこにある、はたきのどこが障子のどこへあたるのだ。それにあの音は何だ。学校には音楽の時間があるだろう、いい声で唱《うた》うばかりが能じゃない、いやな音を無くすことも大事なのだ。あんなにばたばたやって見ろ、意地の悪い姑さんなら敵討《かたきうち》がはじまったよって駈け出すかも知れない。はたきをかけるのに広告はいらない。物事は何でもいつの間にこのしごとができたかというように際立《きわだ》たないのがいい。」ことばは機嫌をとるような優しさと、毬《いが》のような痛さをまぜて、父の口を飛び出して来る。もともと感情の強い子なのである。このくらいあおられれば恐れ・まどいを集めて感情は反抗に燃える。意地悪親爺めと思っている。「ふむ、おこったな、できもしない癖におこるやつを慢心外道《まんしんげどう》という。」外道にならない前にあっさり教えてくれろと、不敵な不平が盛りあがる。私ははたきを握りしめて、一しょう懸命に踏んばっている。「いいか、おれがやって見せるから見ていなさい。」房のさきは的確に障子の桟《さん》に触れて、軽快なリズミカルな音を立てた。何十年も前にしたであろう習練は、さすがであった。技法と道理の正しさは、まっ直《すぐ》に心に通じる大道《だいどう》であった。かなわなかった。感情の反撥はくすぶっていたが、従順ならざるを得ない。しかし、私の手に移るとはたきは障子の桟に触れずに、紙にさわった。房のさきを使いたいと思うと力が余って、ぴしりぴしりという鋭敏過ぎる破壊的な音を立てる。わが手ながら勘の悪さにむしゃくしゃするところを、父は「お嬢さん痛いよう」とからかい、紙が泣いているといった。私は障子に食いさがって何度も何度も戦った。もういいというのでやめたら、それでよしちゃいけないんだという。何でもおしりが肝腎《かんじん》なんだそうで、出入りのはげしい部屋は建具の親骨が閾《しきい》を擦《こす》る所に、きっと埃ごみを引きずっているから、ちょいと浮かせ加減にしてそこを払っとくもんだということである。襖《ふすま》にははたきを絶対にかけるなと教えられた。その頃うちは女中がいつかず頻繁に入れかわっていたが、その女中達の誰でもが必ずといっていい位、毎朝目の敵にして唐紙《からかみ》[7]をぶっぱたく。そのくせ掃除のあとにはきまって、隅《すみ》の二枚の引手にはきのうの通りに埃がたまってるのは実に妙なことだ。唐紙は毎日はたくほどな埃がたまるものでない、という。「しかし埃はたまる、たまるからその時は羽根の塵払《ちりはら》いをつかえ、羽根の無いときにはやつれ絹をつかえ、絹の無いときにはしら紙のはたきをつかえ、それも無いときにはむしろ埃のまんまで置いとけ」といわれ、唐紙というものはすごく大事な物なんだなあと驚嘆し、非常に深く記憶にのこっている。

箒も自分でして見せてくれた。無い細かさであった。「箒は筆と心得て、穂先が利くように使い馴らさなくてはいけない。風に吹かれたような癖がついている箒がぶらさがっていれば、そこの細君はあまい」と判定を下した。風に変な気がした。うちの箒はみんな風に吹かれてい、現にこの箒もきのう洗って形を直したのである。おとうさんうちのことをいってるのか知らん。

掃き掃除は、とにもかくにも済んだのである。「十四にもなってから何《なんに》も知らないで世話がやけるようじゃ、水の掃除などはとてもとてものことだ。当分拭き掃除はお預けにする。梯子《はしご》段《だん》は一段一段あがらなくちゃならない、二段も三段も跨《また》ぐことは無理だ」ということであった。休講のベルである。子供心に大した稽古であったことを覚《さと》ってい、砕かれ謙遜《けんそん》になった心は素直に頭を下げさした。箒と平行にすわって、「ありがとうございました」と礼儀を取った。「よーし」と返事が来た。起《た》って歩きかけると、「**あとみよそわか。**[8]」？とふりかえると、「女はごみっぽいもんだから、もういいと思ってからももう一度よく、呪文をとなえて見るんだ」といった。「あとみよそわかあとみよそわか。」晴れ晴れと引きあげて台所へ来ると、葭簾《よしず》を透《とお》して流しもと深く日がさし込んでいる。板の間に腰をかけていると、弟が庭からやって来て簾越しに、「ねえさん」と声をかけ、大上段にふりかぶって、「小豆《あずき》ながみつ」[9]と斬りおろすしぐさをする。川中島の合戦、兜まで斬られたろうとからかうのである。「軍配《ぐんばい》うちわ[10]だア、負けるもんかア」と私は躍り出して追っ駈ける。弟は畠へ陣を退《ひ》いた。

　毎日きちんと、日課として掃除に精を出した。机の上のかたづけかたも習った。物を行儀に置くことも、行儀を外《はず》して置くこともできるようになった。自然、客のすわる所も茶碗の置き場も覚えた。はたきも箒も幾分進歩した。

　それから十年、私は結婚して女の児を恵まれてい、二人の女中がいた。年弱の方をお初さんといって幸田家の近くに住む職人の娘、純粋な町っ子であり、この人のねえさんには始終着物を縫ってもらっていたので、以前からの馴《な》染《じみ》であった。色白の丸ぽちゃの優しい子で、赤ん坊が好きなので自分から望んでお守り奉公に来てくれたのである。私はいとおしんでいた。生後八か月、赤ん坊は突如腸重畳[11]という病気に襲われて、からくも開腹手術によって危い生命をとりとめたが、どの先生から洩《も》れたのか、誰からいい出したのかわからなかったが、この病気の原因としてどこでもよくする、高い高いという児童をあやすやりかたのことが話題になり、お守り役のお初さんは誘導訊問とも知らず、発病の日の朝幾度もその遊びをして、「お嬢ちゃまきゃっきゃっとお喜びになりました」と答えた。私は頑強にこの子を庇《かば》いきって手放さなかった。主人の母は、「一度躓《つまず》きのあった者はよした方がいい」としきりに疎《うと》んじたが、私はかえって仕立てて見たい欲望をもつようになって、或日から掃除教育をはじめたのである。

私のように勘が悪くても強情でも、心に痛い思いをしながらもどうやら覚えた。まして、この子のように素直な、しかも覚《さと》りの早い町っ子には、紙にしみる水のような移りの早さを期待したが、この子の素直さには物を受けとめる関が無かったし、移りの早さは上滑りをともなっていた。毎日はいはいとよくいうことを聞き、毎日同じ無理解を示した。啞然とし、二十六歳の若い私にはこのいい加減、中途半端が見のがせなかった。恥かしいが、私のことばも態度もこの子に対《むか》って荒れて行った。惨憺《さんたん》たる結果が来た。ひまを取りに来た兄は、一と筆新聞へ投書すればといい、私は思いがけない数々のいやなことばを浴びた。荷物を持って帰るお初さんは、なぜか下駄を履く時になって、「奥さま」と呼んで涙の目を振向け、私も本意《ほい》無いおもいで別れた。主人の母は、「それ御覧」といった。

お初さんの家では娘の帰って来たことを、どのように近所に話したか、うかがい知るに難《かた》くない。住いが近所なのであるから、じきに継母に伝わり、父に取りつがれ、私は呼び出された。せめて父にだけは知ってもらいたくて、かき口説いていたが、ふと気づいて見ると父は聞いているのかいないのか、非常に澄んだ顔つきで瞑目《めいもく》している。私も黙った。「人の選《えら》みかたに粗忽《そこつ》があったな」とこちらを見、「わたしにはおまえがどういうようにやったかはっきりわかる」といい、何ともいえぬ重い表情が掠《かす》め、それは私にも不安な思いを植えた。小言や教訓らしいことは一と言もいわれなかった、それもなにか落ちつかないことであった。一日二日と、父の重い表情をさぐって思案した。挙げ得ることは多かった、そのどれも多少は触れていると思えるが、そのどれもは私をうなずかせ満足させるわけに行かない。当時はこのいきさつのうち何よりも父の表情が私の上にのしかかっていて暗いおもいがしたが、あれから二十年、大抵なことは長いあいだに思い至るところのあるものだが、いまだに解に達していないけれども、今はこの表情を見たことをたからもののように思っている。理解を許さない顔をもっている父なんていうものは、いいなあ、実にいい親だ。お初さんももう三十幾つかになっているだろう、思い出すたびにさみしくはあるが、ほのぼのと懐かしい。それにしても並とか並外れとかは、いつまで私と道づれになっているんだろう。

（一九四八年　四十四歳）

註

1 [格物致知] 物事の道理を研究して、知識を明らかにすること。
2 [お茶の子] ここでは、「お茶の子さいさい」の略。容易であること。
3 [向嶋蝸牛庵] 父露伴が明治三十(一八九七)年、東京・向島に居を構えるにあたってこう名付けた。かたつむり(蝸牛)は家を持たず、身ひとつでどこへでも行ってしまう、という意図による。
4 [反故] 絵や字を書き損ねた不用の紙。
5 [采配] はたき。
6 [閾] 敷居のこと。戸、障子、ふすまなどの下にあって、開閉するための溝のついた横木。
7 [唐紙] ここでは、ふすまのこと。
8 [あとみよそわか] 後をもう一度ふり返って見て、粗相がないか気を配りなさい、という意味。「そわか」は、円満成就の意味。
9 [小豆ながみつ] ながみつは「長光」で、鎌倉時代の刀工。小豆が切れるほどの名刀をさす。
10 [軍配うちわ] 勝者を判定すること。
11 [腸重畳] 腸閉塞の一種。

水

水の掃除を稽古する。「水は恐ろしいものだから、根性のぬるいやつには水は使えない」としょっぱなからおどかされる。私は向嶋育ちで出水を知っている。洪水はこわいと思っているけれど、掃除のバケツの水がどうして恐ろしいものなのかわからないから、「へーえ」とはいったが、内心ちっともこわくなかった。バケツもむずかしくて、しかも不粋《ぶいき》だという。粋というのは芸者やお師匠さんのことだと思い、不粋というのは学校の先生やもごもごした人のことだとおもっていたから、バケツが不粋だというのはおかしかった。水と金物が一緒になってかかって来ては、紙も布も木も漆も革も、石でさえもがみんなだめになってしまうのだそうである。掃除は清らかに美しくすることである。こういう破壊性をもっているものを御《ぎょ》して、掃除の実《じつ》を挙《あ》げるのは容易でないと聴かされて見ると、なるほどである。「どこのうちでも女どもが綺麗《きれい》にする気でやっているが、だんだん汚《きたな》くなって行くじゃないか。住み古していい味の出ている家なんていうものは、そうざらにあるもんじゃない」といった。「うちの廊下を御覧、どう思う」というから、黒く光っていてなかなかいいといったら、「よくはない、下の上か中の下くらいだ。こういう光りかたはよくない」という。「おまえになぜ黒いかわかるだろう」と訊《き》くから、木が黒くなる木なんだろうといったら、上を向いて笑われ、「そんなやつあるもんか。長年なすくったぼろ雑巾の垢《あか》のせいだ。結構な物を知らない困った子だ」とあわれまれた。話が廊下だったから助かった、こういう「結構」であわれまれる時は大抵《たいてい》博物館が出て来る。父は、殊《こと》に若い時に結構な物が見たくてしかたが無かったが、そういうものを持っている人達は傲慢《ごうまん》やらけちん坊やらで、見せ惜《おし》むものだったそうである。博物館の物は皆が皆、極結構というわけじゃないけれど、結構なんだし、わずかな観覧料で気がね無く見られるのは大いに役に立つ所だというのだが、私には退屈な場所だった。「しようがねえやつだ」と父は苦笑したが、私もいやなこったと閉口している。廊下は博物館に無いらしいから安心である。

　雑巾は刺したものより、ならば手拭《てぬぐい》のような一枚ぎれがいい。大きさは八つ折が拡げた掌《たなごころ》からはみ出さない位であること。「刺し雑巾は不潔になり易いし、性《しょう》の無いようなぼろっきれに丹念な針目を見せて、糸ばかりが残るなんぞは時間も労力も凡《およ》そ無益だから、よせ。そのひまにもっと役に立つことでも、おもしろいことでもやれ」という。バケツには水が八分目汲《く》んであったが、「どうしてどうして、こんなに沢山な水が自由になるものか」と、六分目にへらされた。小さい薄べりを持って来て廊下に敷き、その上にバケツを置く。

「いいか、はじまるぞ、水はきついぞ。」にこにこしているから心配はいらない、こっちもにこにこしている。稽古に馴れたからもある。雑巾をしぼるのである。私は固くしぼれる、まえにおばあさんにも父にも叱られたことがあるから、ちゃんとできるようになっている。褒められることを予期している心は、ふわふわと引締《ひきしま》らない。雑巾を水に入れて、一と揉《も》み二た揉み、忽《たちま》ち、「そーら、そらそら」と誘いをかけられる。何だかちっともわからないけれど、それなり黙ってしまったから進行する。こんな時におどおどしたり、どうしたんですかなんて間抜けな質問をしようものなら、取って押《おさ》えられるにきまっているから、すましている。しぼり上げて身を起《おこ》す途端に、びんとした声が、「見えた」と放たれる。太短い人差指の示す所には水玉の模様が、意外の遠さにまではね散っている。「だから水は恐ろしいとあんなにいってやっているのに、おまえは恐れるということをしなかった。恐れの無いやつはひっぱたかれる。おまえはわたしのいうことを軽々しく聴いた罰を水から知らされたわけだ。ぼんやりしていないでさっさと拭きなさい、あとが残るじゃないか。」今の今ににこしていた顔は、もはや顎骨《あご》が張って四角になっている。私は漸《ようよ》うに集中した心になる。このことを思うと、いつも伏し眼にならざるを得ない。私はものを教わる心はあるけれど、すばやく習う態勢になれない。さっと受取る身構えになれないのである。つまり、習うまでに至る準備時間、誘導の手間がいるのである。親子・他人の別は無い、教えるも習うも機縁である。啐啄同時《そったく》[1]は何度いわれたか知れないにもかかわらず、大抵の場合私がぐずぐずしているうちに、父の方は流れて早き秋の雲、気がついたときはすでに空《むな》しく、うしろ影がきらりと光る。また時には足踏みして待っていてくれる。こちらが行きつく時分には父はもう待ちくたびれていらいらしているから、私はきまってやっつけられる。なにか膏垢《あぶらあか》のようなものがぎっしりしてい、痛い思いをしてこそげられてはじめて心根に達する。教えてやろう心は父に溢れている。いささかも惜みない、最も丁寧な父の教育にしてはじめて徹《とお》るのである。最後まで私はこの愚をくりかえして大切な機会を逃し続けた。不肖の因はいくつもあるが、これもその大なる一つである。

私はおじおじと困じてしまい、父は例の通りにやって見せてくれた。「水のような拡がる性質のものは、すべて小取《こど》りまわしに扱う。おまけにバケツは底がせばまって口が開《ひら》いているから、指と雑巾は水をくるむ気持で扱いなさい、六分目の水の理由だ。」すくない水はすぐよごれるから度々《たびたび》とりかえる、面倒がる、骨惜《ほねおし》みをするということは折助根性《おりすけこんじょう》[2]、ケチだという。露伴家ではケチということばは最大級のものである。ケチなやつと叱られた時は、もっとも蔑《さげす》まれ最も嫌われ、そしてとどめを刺されて死んじまったことを意味するのである。私も弟もこのことばを聴かされたときは、すでに弁解の道も嘆願の手も封じられたことを観念して、ひたすら畳に密着して謹慎之《これ》を久しゅうしなくてはならなかったのである。水を取りかえる労を惜むのがケチなら、よごれた水で拭いて黒光りがしている廊下はさしずめケチの見本である、気に入らないのも無理は無い。よい廊下をよく拭込《ふきこ》んだのは、ちょうど花がつおのような色とてりをもっているそうである。私はちっともよそへ出たことが無いから、いまだにそういう結構な廊下に行きあたらない。

父の雑巾がけはすっきりしていた。のちに芝居を見るようになってから、あのときの父の動作の印象は舞台の人のとりなりと似ていたのだと思い、なんだか長年かかって見つけたぞという気がした。白い指はやや短く、ずんぐりしていたが、鮮《あざや》かな神経が漲《みなぎ》ってい、すこしも畳の縁《へり》に触れること無しに細い戸道障子道をすうっと走って、柱に届く紙一と重の手前をぐっと止る。その力は、硬い爪の下に薄くれないの血の流れを見せる。規則正しく前後に移行して行く運動にはリズムがあって整然としてい、ひらいて突いた膝ときちんとあわせて起《た》てた踵《かかと》は上半身を自由にし、ふとった胴体の癖に軽快なこなしであった。「わかったか、やって見なさい」と立った父は、すこし荒い息をしていた。後にもさきにも雑巾がけの父を見たのはこの時だけである。

身のこなしに折り目というかきまりというかがあるのは、まことに眼新しくて、ああいう風にやるもんなんだなと覚えた。父は実行派である、何でもすぐやるのが好きである。私はたちまち真似をして雑巾を摑《つか》んで、すっすっとやったのだが、「なんでそんなにぎくしゃくする、もっと楽にやれ」といわれ、あっけにとられ失望した。自分でやって見せておきながら、なーんだと思うのである。父の教えかたは大別三段になっているようである。やらせて見る、やって見せる、も一度やらせて見る、である。見れば見まねで覚える、三つ児でさえままごと遊びに掃除のまねはする。が、実際にあたらないものは真でなく、ただ似っこらしさである、そこを叩込《たたきこ》むという調子で一々指摘する糺明《きゅうめい》する。うんざりしたり閉口したりするのはケチである。棄てられるのである。堪えるということは、父親を失わないためには絶対の線であった。腹を立てる、泣く、じぶくる、[3]歯を剝《む》く、これらの悪徳はまだしも許されたが、ぐちゃぐちゃとくずおれることは厳禁であって、容赦無く見放された。私は父に見限られることはいやで、こわかった。母の無い子なのである。

この雑巾がけで私はもう一つの意外な指摘を受けて、深く感じたことがある。それは無意識の動作である。雑巾を搾《しぼ》る、搾ったその手をいかに扱うか、搾れば次の動作は所定の個所を拭くのが順序であるが、拭きにかかるまでの間の濡れ手をいかに処理するか、私は全然意識なくやっていた。「偉大なる水に対《むか》って無意識などという時間があっていいものか、気がつかなかったなどとはあきれかえった料簡《りょうけん》かただ」と痛撃された。いわれてみれば、わが所作はまさに傍若無人《ぼうじゃくぶじん》なものであった。搾る途端に手を振る、水のたれる手のままに雑巾を拡げつつ歩み出す、雫《しずく》は意外な所にまで及んで斑点を残すのである。更に驚くべきことには、そうして残された斑点を見ぐるしいとも恥かしいとも、てんで気にさえならず見過していたことである。十七八のころ私は探偵小説が大好きで、手拭を搾ったあとの無意識の動作が話の種にならないだろうかと訊いて、「小きたない趣向だ」と笑われた。気をつけて人のふりを見れば友達も女中も継母《はは》ですらが、心なく濡れ手を振りまわしている。「これが会得《えとく》できさえすればおまえはすでに何人かの上に抜けたのだ」とおだてられ、すっと脊《せ》が伸びた気になるところは私の娘心のすなおさだったとおかしい。そのかわり、「水の扱えない者は料理も経師《きょうじ》も絵も花も茶もいいことは何もできないのだ」とおどされれば、すぐに厄介《やっかい》だと思ってへこんでしまうのである。「おとっつぁんがうるさいなんと思えば大違いだ、お茶の稽古に行って見ろ、茶巾《ちゃきん》を搾って振りまわしたり、やたらに手みずをひっかけていいという作法は無い。わたしのいうところはあたりまえ過ぎるくらいあたりまえだ」という。

昭和のはじめに三十近いおきちさんという女中さんがいたが、この人は小学校も卒業しないいちいさいうちにふた親を亡くして孤児になってしまい、以来転々と糸取り工女生活を続けて苦労をしたという経験をもってい、何事にもめげない快活な女であった。これが拭き掃除をしたあとは、ことさらにぽたぽたと雫がたれていて具合が悪かった。あるとき父はいった、「おまえは朝っぱらから廊下でなんぞふざけていちゃいけないぞ。」「はあ?」「はあじゃないよ、見ろそこいら中にだらし無くぽたぽたたれているのは何だ。おまえも美《い》い女でいいが、こうたらしてちゃきたねえな」といっている。「まあ、いやなことをいう旦那様だね」と大笑いしていたが、それからは余りぞんざいでなくなった。これは何だかちょっと私の耳に疑問をのこしてとまったが、あとではおきちさんを見て法を説いた父の滑稽《こっけい》を思うのである。父は召使に、私を教えたようには決してしなかった。相当な文句をいいながらも任せてほうっていた。私も一度教えられて後は任せられていたが、それでもなかなかほうりきりにはされず、時々やっと一本つけられる。たとえば、今急ぐからなどという口実のもとに木の目なりも何もかまわず、雑巾ひんまるめてぐるぐるっとやったりすると、「おいおい、葦手《あしで》模様[4]としゃれてちゃいけない」と来る。葦手模様が何だか知らなかったから百科辞典へ頼《たよ》る。その頃には百科辞典は女中にさえ開放され備えられていたのである。絵が出ているから、ははあと合点し、又やられたと思う。こういう叱りかたを私は好きだったから、弟にも友達にも受売りを適用して、「なーんだ、葦手模様も知らないのか」などと得意がっていたから、生意気を憎まれた。

　雑巾がけは一時期はよしといわれるだけになり得たが、玄関のたたき[5]を洗う掃除は遂に見放された。きょうもまた叱られるのかなあとしぶしぶ水や箒《ほうき》を運んでいると、父が出て来て、「おまえには到底だめだからしなくてもいい」と、あっさりやられてがっかりした思いがある。この頃はまだお客が多くて玄関は毎日よごれる。私は表向きことわられているのだから、父の起きて来ないうちに忍んでですることにした。あれほどよく見抜く人が気のつかない筈《はず》は無いのに、一と言もいってくれない。知っていて構いつけないのか、或《あるい》はまた全然そのことから無邪気に離れてしまっているのか、窺《うかが》うことをゆるさぬこういう態度は私には一番難物《なんぶつ》であった。絶えざる注意と即応する構えをもっていなくてはならない、やりきれないものであった。十六歳、私は改めて家事一切《いっさい》をやらされたその頃のある朝、なま乾きの玄関に立った父は、「掃除をしたらしいな」といい、私ははっとちぢみあがったが心は晴れ晴れとしたのである。二年間と数えれば長い時間ではあるけれど、十五十六はおもしろい盛りである。楽しいことはひまなくぎっしりとつまっている。いつも苦にしていたというではないが、気やすく忘れてしまえるわけでもなかった玄関であった。やかましい小言にくらべれば黙殺には王位の厳《きび》しさがある。

この時代から空襲前までに、幾人かの女達が家事の手伝に入りかわりしているが、その人達がたたきに水を流すたびに父は舌打ちをして、「満足に雑巾も搾れない癖に小賢《こざか》しくも水の掃除をしやあがる、サルには負ける」と。サルも父愛用のことばである。利口そうにまじまじとしたこの動物の滑稽な姿態動作に、私は友人の親しさを感じている。私は文子ザルなのである。

（一九四八年　四十四歳）

註

1 ［啐啄同時］師家と弟子のはたらきが合致すること。得がたい機会。

2 ［折助根性］折助は武家の奉公人で、主人の目を盗んで怠ける根性のこと。

3 ［じぶくる］すねて怒る。

4 ［葦手模様］葦の生えた水辺のように、尾を長く引いて書いた文字の模様。

5 ［たたき］土や砂利などを練り、たたき固めた土間。

経師

掃《は》く掃除も拭《ふ》く掃除も、いま教えているしかたは最高等な掃除ではなく、普通一般の家庭でするもので、いいお座敷もこのやりかたで済むものと思っていれば恥をかくと聞かされたが、うちにはそのいいお座敷というほどのものが無かったのだからいたしかたも無い。私は高級掃除法を教育されなかった。父の死んでしまった今は、聴いておけばよかったと思うが、当時はそんな慾どころか、それより逃げをうつ心の方が多かった。その心の奥にはなんといっても二人きょうだいの私の方が叱《しか》られているのに、弟の方はのんきに高見の見物という態度なのが不平なのである。

父はちいさい時に米とぎ芋買いまでさせられて閉口したともいうが、又「おっかさんの厳しい躾《しつけ》は実にありがたいものであった」と感激して話す癖に、自分の息子にはそれをさせないのである。私は年を取るにつれてだんだんと父に怖《お》じる気弱になってしまったが、子供のときは「大胆なやつだ」といわれていたくらいである。不平などはなかなか黙っていられないのである。「おばあさんはおとうさんにさせたのに、なぜおとうさんは一郎さんにさせないの？」おまえは女の子だから、などというんだったら一と問答つかまつる気でいたが、父はすましていった。「大抵の人は自分にされた躾を子に伝えたい望みと、又全く反対の教育を試みたい望みをもっているものなのさ。それは今に子供を産めばわかる」といって、はっはっと笑った。この質問が功を奏したというのでもないだろうが、障子張りと庭の掃除は二人一緒にやらされ、きょうだいは事毎《ことごと》にからかい合い、果《はて》は喧嘩し合った。

経師《きょうじ》[1]は座敷しごとで袴《はかま》を穿《は》いてやれるしごとだから、障子紙を剝がすのに湯殿へ持ち込んだり井戸端へ持って行くなどはけしからん不行儀千万だ、まして雨《あま》だたきにあわせる、池へぶち込むなどは以《もっ》ての外《ほか》、言語道断というわけである。「袴を穿いてるくらいだから足袋《たび》もよごすことは無い、襷《たすき》も十文字に取るほどのことはいらない、手拭《てぬぐい》取って片襷《かただすき》で十分だ」という。例の通り先ず第一に道具を調べる。裁物板《たちものいた》、裁物庖丁、小刀、砥石《といし》、定規、生麩《しょうふ》、糊箱《のりばこ》、糊刷毛《のりばけ》、たたき刷毛、箆《へら》、障子紙、屑籠、布巾《ふきん》、が張るためにいる品である。紙を剝がすためには蓙《ござ》一枚、小桶《おけ》に水、水刷毛、灰汁《あく》、藁《わら》、木槌《きづち》、新しい雑巾二枚、ゆがみの無い四尺程[2]の竹一本がいる。このほかに、障子のゆがみを直して立てつけをぴたりと合わせるために、竹の桟《さん》をいくつも用意しなくてはならない。子供たちはこれだけでもうがっかりしたいのであるが、そうできないようになっている。こういうときに父はすてきに威勢がよくて、ぐんぐん押して来るからで、何かぶつくさいうひまは無いのである。

廊下の壁つきへ莚を敷く。障子は二間[3]四枚、襖《ふすま》と同じ紙の腰張《こしばり》がある。はじの障子からはずして、腰張をぬきとり、障子は莚の上、壁へ倚《よ》せて立てかける。一室八枚の障子は同じ順序で重ねられ、腰張は張りかえないのだから、室の隅へ重ねて置く。小桶を左に持ち水刷毛を取って桟にしたがってしめして行く。畳一畳の莚は三尺を余している、その三尺へ濡らした順序に重ねて行き、更に逆に重ね直すと、最初の一枚が上になり、それにも一度水をくれて、用意の竹へ裾から巻きつけて繰りあげて行けば綺麗《きれい》に剝がれる。みんな剝がすと、また莚には三尺のあき間ができ、逆に重ね直すと一番最初のが上に出る。ちょいと庭へ出て踏石の上で藁を叩いて柔かくする。桟が特別に手垢でよごれる個所は大体きまっているから、そこを注意してこの藁へ灰汁をつけてこする。全体は灰汁雑巾で拭く。ついでに糊かすも落す。しまいに清水の雑巾で拭き浄《きよ》める。腰張を嵌《は》め込んで、もとの戸道に納める。立てつけを見て、ゆがみがあれば竹の桟をかって[4]置く。みごとな素早さであった。

延《のぶ》子幸《こう》子両叔母[5]の指は音楽の世界に威を張った指と人が許しているが、父の指もまた力と敏捷さに於て相当なものであった。私は躍起《やっき》になったが父はそばに見ていて、「そんなにぐずでは、あとがみんな乾いてしまってまずい」とせきたてる。弟は、「僕よした」といって逃げ出し、「おけらめ[6]」と叱られ、逃げることもできなくなった私は奮闘し、右手の親指と人差指の腹は赤く幅ったくふくらんだ。それでも乾くのに追っつくことはできなかった。何枚とかを一日に洗って張って仕上げるというのがあたりまえだというが、何を標準にしていうのか、父のいうあたりまえが私には今以てわからない。まさか玄人《くろうと》の並《なみ》ではあるまいから、昔はこういうこともこくめいに一日しごとの並が不文律にきめられていたものなのだろうか。「一人前でないやつが指の痛いのはいう方が馬鹿で、痛くなくっちゃ覚えるやつは無いよ」というからたまらない。二度目には歯ぎしり噛んでも、痛いとはいわない。ちいさい時にはおとうさんだって痛かったんだろうと思えば、ヤイミロという微笑がわいて我慢しちまうのである。

綺麗になった障子は、すっかり歪みの直るように方々へ竹の桟を打って、一と晩骨のままで置かれる。糊も煮てすぐ使うものでないから、この日煮させられた。弟は砥石の前へすわらされて、「刃物が研《と》げない男でどうする」なんて搾《しぼ》られていたが、私は研ぎ物は習わない。女のからだには錘《おもし》が無いから研ぎはできないものにきまっているという話なので、馬鹿にしているといったら、「おこるなよ、ほんとにそうなんだからしようが無い」といって教えてくれなかった。変なもので、教えられればうるさいなあと思う癖に、教えてくれなければちょっと癪《しゃく》に障《さわ》る。弟の方へ向いて下顎《あご》を突き出して、イーと嘲笑したら、弟も直ちに応じてイーとやったので、二人は聞かなくてもいい小っぴどい小言を食った。「かりそめにも刃物を中にしてふざけるやつは」からはじまり、「文子は姉という気が無くてそれでいいのか」といわれて私は恥じた。この頃は全く姉なんていう気は、きょうだい喧嘩の際には微塵《みじん》も無かったのである。

翌日は朝から叱られた。きのう煮た糊があまり固過ぎていけないと思ったので、小言をいわれるのが辛《つら》さに水を入れて掻きまわしたから、ぶつぶつになってしまったのである。「余計な自分料簡を出してサルをやったのは、孔子様のおっしゃった退《しりぞ》いて学ぶに如《し》かずという訓《おし》えを蔑《ないがし》ろにするものだ」というのだから大変だ。父に訊《き》かずにものをして、それがへまだった場合、大抵孔子様は千貫の磐石《ばんじゃく》になって私の上へのっかっていじめる。父に訊かなかったことがいけないよりは、孔子様に無礼を働いたというのでは全く論にも詫《わび》にもならないのである。南葛飾《かつしか》郡は寺島村育ちの娘っ子には、何千年彼方の孔子様の御声が何とおっしゃったかなどは、実に朦朧模糊《もうろうもこ》たるものなのだ。生麩を引掻きまわしてぶつぶつにしたことが、孔子様に無礼を致すことになったとはおかしなかかりあいである。しかもその上、私のような不謙遜なやつは悪魔外道で、この世の何人のためにもならない、生きていてもしようが無いやつだというのだ。父は孔子様をえらい方だと敬語をつかっていうが、私には孔子より父の方が絶対である。その「絶対」が、えらい孔子様をしょって頭の上へ落ちて来るのだからたまらない。私はちぎれちぎれの心になり、消えてしまいたい思いであるが、どっこい消えることは許されない。生きかわり生きかわりたたき直さなくてはならないのだそうである。ははあ、そうかと思っていれば、これも亦《また》いけないのである。「孔子様なんぞにふんづかまえられて一生うごきのとれないけちくさ、そでいいのか」と変化して来る。いま消えてしまいたいその心は今捨て去って、今また新たに勇猛《ゆうもう》一転しなくてはならない。造次《ぞうじ》顚沛《てんぱい》[7]、前進々々。

私は小さいときからどういうものか、こういう父の絶対力にあらがいたい気の合わなさをもってい、四十四年をあがき通したが、ついに一度も「絶対」を逃れてほっとしたという経験をもたない。父が死んでいなくなってしまってから、「絶対」は更になおも絶対になってしまった。そして、もはや目に見耳に聞くことのできぬ「絶対」を恋うて、はじめて涙をこぼしている。父は小言《こごと》をいうときに相手の脊《せ》たけを問題にしず、自分の知識の程度から割出していうようにしか思えない。こちらの理解の及ばないことを、ひとりでしゃべりまくる。ソクラテスかと思えば二宮尊徳であり、古事記かとおもえば競走用自動車のエンジンの話である。わからないから平気で目もまわさないでいると、それがまたじれったいらしく講釈つき小言になる。ひろい語彙から自由に摑《つか》み出して高射砲のように、だだだっと撃ちつけてよこす文句は、私の胸をうって命中した。ひどくおこった時は恰《あたか》も呪いの文章を読むように思え、刃向《はむか》うような気持を底にもっていた私であったから、なおさらこういうことばには敏感に刺され、真正面からぶつかった日には一度叱られれば七度八度死んじまっても追いつかない気がさせられたが、天はちゃんと救いの路を通じておいてくれたのである。私には快活性とでたらめ性が与えられていた。思いがけない孔子様の怨敵の如く罵《ののし》られ、悲痛やるかた無い思いに悶々としていても、たまたま愛犬が尻っぽ振って出て来ようものなら、忽《たちま》ちにして蚤《のみ》取り作業に移るし、もしまた眼をあげて夕焼けの空に出あうならばただちに、やあ綺麗だなあ、あんな色の着物着たら天の使のようになるかも知れないなどと、むちゃくちゃに浮きたってしまう。だから二千年遠くから孔子様が私の上へ圧力を加えて来るのは、まことに気味が悪い話であるけれど、そして父が又いかに私にぎこぎこ当ろうと、遂に一念発起というようにはならなかった。

父はぶつぶついいながら、ぶつぶつの糊を苦労してといている。あんまり楽しげでないしごとだ。「糊箱の底板の内がわに鉋《かんな》がかけてないのは何のためだと思う。その道の人達はみんなおまえより苦労を積んで、ありがたい定跡《じょうせき》を残しといてくれた」と、いつの間にか孔子様が経師屋になっているのはよいとしても、糊刷毛は酷使されている。上から柄《え》をむんずと摑んで、ぐいぐいやっているのだから、毛さきはたわしのように八方にひらいて大童《おおわらわ》の形になっている。たまりかねて、「そんなにして大丈夫?」「うむ?」鋭い眼がすばやく私へ流れて又もとにかえり、「こりゃ糊刷毛なんだよ。法にしたがって使うのと乱暴は違う。」一と刷毛、二た刷毛、毛さきは整列してしまう。そいつを私の鼻のさきへ突きつける。孔子様も経師屋もえらいだろうが、これだから私は父の方へ余計恐れ入るのである。

紙は障子のこまに寸法をあわせて、一本全部の耳を裁ち落す。裁ち屑はすぐ屑籠へ入れることは、きびしくいいつけられた。「刃物の周囲は整頓し、扱いを丁重にすれば怪我《けが》は無い。素人《しろうと》は玄人《くろうと》にくらべてできない癖に、刃物へぞんきな[8]扱いを見せる。大工なんぞ鉋屑の中へ切れ物をほうり出しておいたりするが、あれは皆置き勝手というものがほぼきまっているから、木《こ》っぱ拾いの小僧だって無暗《むやみ》に手を突っ込んで鑿《のみ》に食われるなんてことは無い。あればそいつがまぬけで、痛い思いをして叱られてもしようが無い」と酷《むご》いことをいう。裁物庖丁は広刃で薄く、食込み噛みつく気味をもっている。やられれば大事《おおごと》なのはわかっているし、叱られるのもわかっている。経師は座敷しごと、客に見られることはやむを得ない、障子張り申候《もうしそうろう》、散らかり居候《おりそうろう》は甘ったれのでれ助だ、いつ人に来られてもいいようにかたづけつつ進行しろというので、屑籠は身のそばから放さない。何事にも屑の置き場所はしごとのキーポイントである。裁った紙へは薄霧を噴いて巻きかえす、桟に糊を打つ。ちょっとでも糊が散れば間を置かず雑巾、手まめ第一である。右の親骨からきめて左へ繰りのべ、定規をあてて庖丁を使う。張り了《お》えて霧を噴く。終り。なんでもないことがなかなかうまく行かず、斜に走る皺が見苦しかった。手習と同じくソフト・タッチと脊骨《せぼね》が伝授だと教えられた。脊骨の押っ立った人間とはおばあさんのいうことば、脊梁骨《せきりようこつ》を提起しろは父から聴くことば、露伴親子は脊骨が好きらしい。「出来不出来の見かたは昼間ではほんとでない、日が暮れて蠟燭をかかげてじいっと見られては玄人でも大概は落第だ」といったが、聞いただけでもそんな意地悪らしいしかたは快くないから、私は試みたことが無い。試みるまでもなく雨の日には、私の張った障子は泣きっ面をして成績を暴《ばく》ろしている。

障子は教えてもらったが、襖はいざ始めようという段になって来客があり、さしつかえた。「講釈だけは一と通り聞かせてやったんだから、なんでもいいからやって見ろ。どうせ出来はまずいにきまっているからおまえたちのいる部屋のをやれ」というので、くさくさしたが、しないでいれば意気地無し、なまけ者と来るにきまっている。かまうもんか、やっつけろというわけで、私が下貼りをひきうける。そのあいだに弟は紙を買いに行くと手筈《てはず》し、そこできょうだいは智慧《ちえ》をしぼった。父は「紙は無地がいい」というけれど、そんなものでやったらぶくぶくをひきたてるようなもんだ、よろしくカムフラージュを施せと揉《も》み紙を選んだ。しかも銀は値《ね》が高い、藍はくすむ、鼠は平凡、茶としゃれたらおこられまいと考えた。下貼は苦心した。なにしろ見たことも無いのであるし、講釈のときにはどうせ後でやって見せてくれると思って、いい加減に聞き流していたのだから、簑貼《みのば》りということばだけしか耳に残っていない。与えられているのは原稿反《ほ》故《ご》のぼろ紙、簑というのだけをたよりに下から順々に貼りつけて行ったが、ちょうど巨大な鳥の腹のようなものができてしまった。そこへ父はお客を置いて検分にやって来たが、見るなりフェッとびっくりしている。そして、「こりゃあ」といって、頭に両手を載せて笑いだし、笑ったなりであっちへ行ってしまった。私は腹を立てた。

紙は註文《ちゅうもん》通りのものがあった。なにしろ唐紙《からかみ》は大きいのだから、取扱いはなはだ難渋である。お座敷しごとの片襷なんぞとはいっていられない、物をまたぐ飛び越す。何よりもあてが外れて茫然としたのは、揉み紙は濡れないうちこそ揉み皺がくしゃくしゃしているが、糊をひいたら最後、あれっと思うほど延びてしまうものであった。きょうだいは大あわてにあわて、一人は乾いた刷毛をふりまわす、一人は乾き雑巾でなでる、二人ともじれて手のひらで引っこする、色がおりて手は茶に染る。意外に延びて寸法からはみ出した紙は、まさか裏へ繰り越して貼りつけることもできない。切るにも裁物板をあてがうわけにも行かないから、羅紗《らしゃ》[9]切り鋏を持ち出す。切った紙には糊がついているから、畳へぺたぺた貼りつく。大騒ぎで貼りあがったものは溜息を請求している。しかし、ここを見られては一大事であるから、裏の便所のそばへ持ち出して天日《てんぴ》に乾かした。下貼が鳥の胸のように脹らんでいるところへ揉み紙なのだから、くしゃくしゃぶうっと腫《は》れたようになっている。弟は、「ねえさん乾けばきっとよくなるね」と慰めてくれたが、二度見る気はしなかった。夕方かわいてぴんと納《おさま》りはしたが、そのかわりに小皺は余計目立った。縁《ふち》をつけ引手を嵌めて、できあがりの報告をした。「茶もみ紙とは恐入《おそれい》ったね」とにやにやし、「うむ、うまく行ったな。なかなかうまいよ。ヤ、大層いいよ。」だんだん安売りに褒めてるくせに、ふっふっと笑った。弟はわっと笑った。しかられないで済んだが、ほかの襖も貼りかえろとは註文が出なかった。

昭和三年、父は六十二歳、小石川蝸牛庵の八畳。お客が来ている、私の配偶になる男となこうどの二人。父は話している、私は立ち聞きしている。「どうもあなた、あれには女親がありませんので躾もなんにもめちゃくちゃで、まあどうやら飯ぐらい炊かせられますが家事一切《いっさい》というにはまことにはや覚束《おぼつか》ないことでして。私もそうそうかまってもやれませんので、襖の貼りかたなんぞも教えといてやりゃよかったんですが。」私は仰天した。鳥の腹のような下貼の披露なんぞされては形無《かたな》しだ。が、婿さんも驚いたとあとで聞いた。唐紙のことをああいうくらいなのだから、畳替えも家事一切のなかへ含むものなのかも知れないと考え、驚嘆したそうである。越えて翌年十一月末、出産を控えた私は父の躾の面目《めんもく》を保つために息をきる身重さを忍んで、わが家の障子全部を新しく白くした。主人の母はさすが人の親、「おまえさんよくまあ障子を」といってくれ、私は父の笑顔を思いえがいた。それから十日して私は女の子を恵まれ、まだ目も見えないその子を眺めて、きびしくない、やさしい躾をしてやりたいなどと設計し、気がつけばそれはなるほど父のいった通りであった。

（一九四八年　四十四歳）

註

1 ［経師］ 布や紙を貼って、ふすま、掛け軸、巻物などを作ること。
2 ［四尺］ 一尺は、約三十センチメートル。
3 ［二間］ 一間は、約一・八メートル。日本建築では、柱と柱の間の寸法。
4 ［かって］「支《か》う」は、支えとしてあてがうこと。
5 ［延子幸子両叔母］ 露伴の妹。ともに、明治期に文部省音楽留学生として欧米で学び、東京音楽学校で教授をつとめた。
6 ［おけら］ 職人言葉で、ばか、まぬけ、などの意味。
7 ［造次顚沛］ あわただしいこと、ちょっとの間。
8 ［ぞんきな］ 気配りのない、無愛想な。
9 ［羅紗］ 厚手の毛織物。

なた

鉈《なた》を持った一番最初は、風呂を焚《た》くたきつけ[1]をこしらえる為《ため》からであった。こつんとやると刃物は木に食い込む、食込んだまま二度も三度もこつこつとやって割る。「薪《まき》を割ることも知らないしようの無い子だ、意気地の無いざまをするな」といって教えてくれた。おまえはもっと力が出せる筈だ、働くときに力の出し惜みするのはしみったれで、醜で、満身の力を籠《こ》めてする活動には美があるといった。「薪割りをしていても女は美でなくてはいけない、目に爽かでなくてはいけない」というんだから、その頃は随分うるさい親爺だとおもっていた。枕にそえて割る木を立て、直角に対《むか》いあって割り膝[2]にしゃがむ。覘《ねら》いをさだめてふりあげて切るのは違う。はじめからふりあげといて覘って、えいと切りおろすのだ。一気に二つにしなくてはいけない。割りしぶると、構えが足りないという。玄人《くろうと》以外の鉈は大概《たいがい》刃の無い鈍器なのだから一気に使うものだぞうで、「二度こつんとやる気じゃだめだ、からだごとかかれ、横隔膜をさげてやれ。手のさきは柔かく楽にしとけ。腰はくだけるな。木の目、節のありどころをよく見ろ。」全くどうしていいのかわからない。父は二度三度して見せた。ぞっとする気味の悪さに嫌悪が走った。物置の前の日かげは寒かった。峰[3]の厚い鉈をふりかぶる白い手、肥ったおなかに箍《たが》をはめたような帯、無地《むじ》紬《つむぎ》の袷《あわせ》[4]の縹色《はないろ》[5]の裾、何よりもその目、長年の酒にたるんだ上瞼《うわまぶた》が目じりでぎゅっと吊りあがって、色のほとばしり出ているような瞳、ウッとふりおろすとダッと二つに割れる。私には大体、刃物をふりあげるそのことがすでに、こわくていやな心持だったし、瞬間に物がその形を失うことにも心がひっかかった。わき目もふらず、ダッダッとかたづけて行く父の頸《くび》・脊中は、声もかけられないいかげろうのようなものが包んでいた。神経のぴりぴりしている成熟前の少女には、我慢しなくてはならないしごとだった。

　薪は近所の製材所から買った屑木《くずき》で、とんと柱とおもえる角材だったから、木性がよくてさほどの力もいらない筈だったけれども、私は怖《お》じて、思いきってふりおろすことができなかった。鉈をふりあげた姿勢がもう父の気に入らなく、「ちょいと蹴飛ばされるとひっくりけえっちまう」といわれ、うじうじとふりおろす後ろから、ッタッというかけ声を浴びた。縮みあがった。まるで石みたような声だった。不意にうしろから石が飛んで来たのだ。父に向きあって立ちあがっていた。見つめあい、私が負けて地面を見た。「もういちど、やってごらん。」語気はむしろ優しかった。白状するが、私にはことばの中に一閃《いっせん》の愛情をさがしている余裕は無かった。緩《ゆる》めない、逃さない激しさを酷《むご》さとうけとるや、立っている脚から踏みしめる気が起った。反抗と捨てばちと、いずれにせよ正常な勇気ではなかった。座に直った心は、手一本足一本がなんだ、ぶったぎれと思った。

私には石の恐怖観念のようなものがあった。それのはじまりは明らかに覚えている。母の葬式のときからである。お寺の本堂と広間とのあいだをつなぐ通路には、天井から大太鼓が吊ってあって、これを打って式のはじまりを会衆に知らせる。最初力を籠めてドンドンと間遠に、だんだん刻んで終りはドドドドドと消し落し、またドンと力を入れて最初に返る。七歳の私ははじめの一音と同時に凄《すご》い重量を感じ、てっぺんまで恐怖したが、我慢して刻み落すのを聞いてほっとするや、虚を打たれて又ドンとやられ、いるにいられない想いに迫られ、おろおろと立ちあがり、そばにいた誰だかに抱きとめられ、その膝に押しつけられ動けなかった。太鼓の音と、しっかり押えられた触感とはごったにまじり合い、暗くつむった目の奥から途方も無く大きな石がころげて来た。たまらずもがき、あばれだし、放された。太鼓は済んだ。人々をざわつかせ、私もしずまった。以後私は太鼓と石の追って来る夢を見るたびに、寝ぼけて泣くようになった。のちには重いということばだけにもう恐れが起り、父が鎌倉権五郎[6]の大力の話をしてくれたときには、恐ろしさに昼間だのについに駈け出して逃げた。これはケチと断定されたから、ケチでないために私は石をこらえるというより、むしろ石に武者ぶりつかねばならなくなってしまい、いまでも覚えている。或時《あるとき》は、こむらがかえるまで我慢した。父はびっくりして私の足を摑《つか》んで直してくれたが、これがまた随分痛かった。原因の太鼓の話はとてもとても話すこともできないほど恐ろしかったから、いくら聞かれてもだめで、とうとう父にもいえなかったが、それから後はお寺へ行く時にはもう家を出る前から覚悟し、いよいよその時にもなれば耳にはしっかり指の栓をし、目は格天井《ごうてんじょう》の牡丹の花や鳩の彫物を見つめて、一意これらから楽しいものを聯想《れんそう》しようとつとめていた。

今、自分にもわかる荒々しい野性を曝《さら》して振舞い、観念こめて打ちおろしはしたものの、薪のガッとした手ごたえは、そんなことは一度もしたことが無いのに恰《あたか》も生きものへ刃を加えたような気味の悪い聯想を生じ、尻が浮きあがった。父はかけ声をやめなかった。私も鉈を放さなかった。いつの間にか父はいなくなっていた。刃物の、石の、恐怖は脱けていた。

畢竟《ひっきょう》[7]、父の教えたものは技《わざ》ではなくて、これ渾身《こんしん》ということであった。薪は時により松の丸[8]のこともあり、庭木の枯れのこともあった。松は節《ふし》が多く、また時々ねじれ木目のがあった。節はすなおな木目の深い所に、おできの核《かく》のようにすわっているのもあり、又ここから枝が出ていたと示す別な組織が、鉛筆の芯のように斜にささっているのもあった。ねじれはさしわたし五寸程の丸にもなれば、どこから手をつけていいかわからないくらい結束してすねていた。これらは汗をしぼらせたが、私は削るように少しずつかき取って砕いた。父は楊枝《ようじ》削りといった。或時その楊枝屋をやっているのをそばで見ていた父を、ふと見上げると非常にこわい顔をしていた。そして粉々《こなごな》になったときに、「とうとうやられちまやがった」といった。これを聴いて私は、ぼんやりと何かを得たような気がした。

　庭木は檜《ひのき》は楽だったが、紅梅は骨が折れた。抵抗が激しく手が痺《しび》れたが、結局これもこなして焚口《たきぐち》へ納めた。しまいには馴れて、ふりおろした刃物がいまだ木に触れぬ一瞬の間に、割れるか否かを察知することができた。そして、斧の方がいいだろうといったら、「めっそうも無いやつだ、風呂の薪などは鉈で沢山だ」と、刃物の位取《くらいど》りのことを聞かせられた。書斎の縁の下に版木《はんぎ》がどっさり重ねてあった。「あがりがま」[9]の少年が鎌を摑んで男に向っているのもあったし、「さゝ舟」[9]の綺麗な女の子もあったし、「きくの浜松」[9]という字の浮いたのもあった。何か思うところがあったのか、これを割れといいつかった。惜しいとは思ったが、黙ってさくさく割った。桜だった。よく燃えた。私は梅・松・桜と灰にしたわけである。

（一九四八年　四十四歳）

註

1　［たきつけ］火が早く燃え始めるために使う木片や枝。

2　［割り膝］ひざを開いて座ること。

3　［峰］刀の刃の背。

4　［袷］裏をつけて仕立てたきもの。

5　［縹色］薄い藍色。

6　［鎌倉権五郎］鎌倉景政、平安時代後期の武将。歌舞伎十八番「暫」の主人公。

7　［畢竟］つまり。

8　［丸］欠けていない。丸ごと。

9　［「あがりがま」］［「さゝ舟」］［「きくの浜松」］露伴が明治二十年代に発表した『風流微塵蔵』中の作品。

雑草

向嶋蝸牛庵は百七十坪ほどの敷地と記憶する。建て物は住居、書斎、湯殿、物置の三棟、空地は五つにしきられ、父の居間の前の庭、玄関、茶の間、井戸端、畠になっていた。庭は色の無い青い庭であった。檜《ひのき》、松、槐《えんじゅ》、槙《まき》、千人力、木斛《もっこく》、竹、熊笹、あすなろう、歯朶《しだ》、四つ目垣にからむ忍冬《すいかずら》、美男葛《びなんかずら》、枸杞《くこ》。生母が死んで新しいははが来て間もない頃までは、だから八つ九つの時分は、よくメンタルテストをやられた。「庭で色のあるものをいって御覧」というのはその一題である。こんなのはへいちゃらである。竜のひげの紫の花、瑠璃《るり》色の実、槐の白い花、槙の実の青い団子赤い団子、枸杞の花の紫、赤い提灯、忍冬の金銀、木斛の紅葉、美男葛のあかい鹿《か》の子《こ》。やさしい問題だったのに非常に褒《ほ》められて、新しいははの前に面目を施したのを覚えている。御褒美《ごほうび》は何だったか忘れた。父の御褒美なんぞはあてにならない、やさしい問題に大きなカステラの時もあり、難問にドロップ三個なんていう時もある。庭に誰も必要以外に入るのを許されず、入るにしても下駄を禁じられていた。父はここが好きらしく、太い竹の皮鼻緒の庭下駄を履いて、よくぶらぶら歩きまわっていた。

むかし向嶋は、よい美しい土地であったらしい。七部集炭俵[1]、

そらまめの花咲きにけり麦のへり
　昼の水鶏《くいな》のはしる溝川
上《うわ》はりを通さぬほどの雨ふりて
　そつと覗けば酒の最中

などは、そっくりそのままだったという。私の小さい記憶にもこの風景のなごりは穏やかにくりのべられており、水は溢《あふ》れ、鶺鴒《せきれい》などはめずらしい鳥ではなく、土は紫であった。自らあがなった土地に立ち、自ら図を引いた家に住み、健康でまめまめしい妻をしたがえ、おもしろい酒と身を打込むしごとがある若い日の、父の朝夕はどんなだったろう。植木屋の与吉さんや百姓のおとよさんは皆このころからのなじみであり、子供達にも親しい仲であった。やがて美しいこの土地は小工場地化して来、ぶざまな煙突からは煤煙《ばいえん》がふる、動力による無理な水の使用に昔ながらの井戸はどこのも汚水がさしはじめる。地味《ちみ》はだんだん衰えを見せていた。父にも安らかな日は続

かない。しごとには障《さわ》りが来る、不本意な義理人情、不如意《ふにょい》な会計が倦《う》んじさせる日常に、木鋏は音《ね》をひそめ、梯子《はしご》は縁の下に蜘蛛《くも》がからむ。鋤鍬《すきくわ》が光らなければ、吸物のつまにも費《つい》えが走る。こうした草木艶《つや》無く蔬菜《そさい》おこらぬその中に、ぐんぐんほき立って来たものが私達きょうだいであった。弟は華車《きゃしゃ》で細かったが、いつも捨て身の気あいで押して憚《はばか》らなかった。三つ年上の私は、基督《キリスト》教の柔軟性をよそおって性来の強情っぱりを糊塗《こと》しようかなどと考えて低徊《ていかい》していたが、父にいわせれば、「腕っ節も膝っかぶもがつんとして、えらく大きくなりやがった」ということで、十六貫[2]たっぷりのぬっと肥ったからだは、大抵のしごとに疲れを知らなかった。与吉さんおとよさんはワイプされ、文子一郎が浮きあがる。

　きょうだいは手拭《てぬぐい》を頸に巻き、冷飯草履[3]で庭の掃除をさせられている。弟は檜のむだ枝を払い、私は地を這《は》って草を挘《むし》る。裁縫鋏、握り鋏、ペンチ、花鋏がどうとかこうとか、それで木鋏はこんとところがなんとかで、角度がこうで、かなり太い枝でも生木ならば、ちょきんとやって見せている。弟はできない。「ア、こじるなこじるな。鋏の研ぎは素人にゃできない、刃をこぼしちゃ厄介だ」と文句をいわれている。私は弟が小言をいわれているのを聞くのはおもしろくてしかたが無いが、弟はねえさんに笑われると無体癪《しゃく》に障るのだそうだ。何とかと鋏は使いようの実習をやって、小言を食ってるとおもえばおかしいが、うつむいている。父は刃物に非情に慎重で、たとえ菜っ切り庖丁・鰹節鉋《かんな》でも刃物と名のつく物を持ってる人間には、断じて冗談をいうんじゃない、おこらせるものではないと、すでに大事が勃発《ぼっぱつ》してしまったような恐ろしい顔つきで諭《さと》すのである。「生け花には女師匠がいるだろ、そういうばあさん連中のなかには黒い羽織なんか着てしなしなしなびているけれど、どうしてどうして立派な切り口を見せるのがいるから、うっかりしたことをいおうものならひどい目にあう」といっている。話によると、生け花の師匠も大工も肴屋《さかなや》もみんな剣術遣《つか》いと似たような修業をするらしい。「庭木は下枝横枝が大切、空指す枝は大事無い、こんだ所は六尺さがって見きわめてから透かせ」と、そんなことを聞齧《ききかじ》るうちにお鉢は私にまわる。

　紡績がすりの袷《あわせ》を着ていたが夏のように暑かった。草は一面に生えていたが、さすがに長年手入れをした庭であるから、ぼうぼうという形容をもってするたちの草ではない。寸のつまったか細いもの、平たく地にひっつくものである。流れ土は毎年補給し敲《たた》き鏝《ごて》で沈め、ちゃんとしまっているその土をくぐって出て来る草どもは、見かけによらず抵抗力をもっている。こまかい根はまるで死んでも放さぬという形で土をかかえて抜けて来るから、あとには穴が明く。草取りはやたらと足を動かしてはいけない、身のまわりには塵取・こうげ板・敲き鏝が引きつけてある。動かさない足の、手の届く限りを除去する。取った草はすぐ纏《まと》めて塵取へ。こうげ板を使って土をならし、穴を埋めてろくにする。[4] 平らにならないほどな穴が明いているときは、畠から土を持って来て補足し、鏝で敲いて押える。一歩一歩かたづけて行くこの作業は、飽きることおびただしい。畠の草なら左右両手が遣えるが、これは右手ばかりが疲れる。苔のある所などは神経をゆるめていると、叱られる種を蒔《ま》いて歩くようなものだった。箒は一切つかわない。「落葉は見苦しいものではないけれど、へたが箒を使ってでこぼこにした庭は見るに堪えない」という。枯れ枝を除くことと土のろくが第一条件であった。余程でこぼこがいやであったらしく、水はけの悪い所へは雨の日に濡れながら自分でせっせと土を埋めたりするし、又、「おまえあそこへしるしをして来てくれ」といわれ、割箸《わりばし》の古いのを折って立てさせられたりした。こういうときには大抵、父は縁側に立って見ている。庭下駄を履いて行くのだが、まったく兢々《きょうきょう》として薄氷を踏むがごとく、いくらふわりふわりと歩いてみたって十六貫はちぢむ思いであった。

こうげ板とは本式にはどう作るものか知らないが、菓子の杉折のふたなどを、目なりに三寸ぐらいの幅に折って先を三角に落した板で、これを左右の手にして掻《か》く。箒は軟かいから土にしたがってしまうが、板は直線だから高きを削り低きに剰《あま》す、箒は識《し》らず知らずに土を掃寄せるが板はごみだけを取ることができる。それに先が鋭角になっているから、こまかいしごとに便利だ。しかし、これは捗《はか》が行かないし楽な姿勢でないから、小石川へ移ってからは、立っていて使うにいい長さに撞木形《しゅもくがた》[5]の棒をこしらえていた。これは代々の女中に不評判であった。旦那様は意地悪くやかましいと、かげ口は絶えなかった。伝え聞く人達も恐れをなして、変っているとか無理だとかいったが、私の知っている限りでは、自らこうげ板や棒をもって経験して後に是非を云々《うんぬん》した人は一人もいなかった。一日のわざは箒も板も目に見えぬが、一と月の後はおのずから明らかである。もしそれが土膏《どこう》動く春さきででもあれば、十日にして歴然たるものがある。こういえば、私も十幾歳にして板の掃除を会得したようにあやまり思われるが、この時代は不平を鳴らしながらも已《や》むを得ず命令にしたがっていたばかりのこと、ろくな土の美に目があいたのはすでに三十、棒の箒を愛するようになったのは四十に近かったとは、ほんとうにろくでなしのでこぼこ野郎、昨秋越して来たここは旧蝸牛庵の焼け跡、何彼《なにか》につけて父をおもうことは多いが、箒より雑巾より私はこの棒をなつかしくおもっている。

父の性格に「徹底」は見のがせない。執念深く飽くまでやる。気味の悪いほど性急な突込みかたもするし、ゆったりした態度で飽きずにやってることもある。雑草と闘う父の姿は子供のときから見なれたもので、遂《つい》に死ぬまでそれを憎む心を持ちつづけていた。「お天道様は広大無辺で作物も育ててくださるが雑草にも花を咲かせる」といっては忌々《いまいま》しげに引っこ抜いている。「この貧乏草め」とののしり、たたきつけているのを見たこともある。あるとき、父と二人の子とは陸稲《おかぼ》の畠を歩いていた。どこも甲乙無く耕され、単調な道が続いていたが、そこの一個所だけは際立っていた。地しばりとかいう草がべったりはびこって、本体の陸稲は徐々と食い殺されている様子であった。父は立ちどまって長いあいだ見ていた。何もいわないが、怒りに嚙《か》んだ歯の形を頰《ほお》の上から見ることができた。

又あるとき、当時五つの孫と庭に出ている祖父の黒い石摺《いしずり》の羽織の脊中はひろく、孫の赤い友禅の肩あげはふかく、二人ともしゃがみ込んで庭大根の話をしている。「こいつは悪いやつでね、ひっぱるとホラ葉っぱだけ取れちまうだろ。それが御覧、ながーいながーい根を持ってがんばってるんだよ。そうしてその上にこいつは悪いなかまを殖やすのが上手なのさ。きっとそばになかまがいるよ。」「お爺《りい》ちゃん、ここにいた、ここにもいた。」老いて残りすくない祖父の白髪にも、幼くぽやぽやと柔かい孫の髪にも春日はひかっていた。それから後、私は子供を連れて姑をおとずれていた。隠居所は店の奥にあった。家業は酒問屋、取引はだんだん左前にしめ出されているが昔ながらの間口は広く、新川《しんかわ》筋にならんだ河岸倉の表つきよく、軒高々とあげた看板は八代続いたほこりに古く、さびつく貸し越しにがたつく裏口の立てつけ合わず、すきま風と一緒に何だかだと身に沁みる蔭口に一人おどおどと、かわいそうにおばあさんは家つき娘だからたよる所は御先祖様と阿弥陀様、南無々々とおじぎばかりしているから脊中がまがる。やっこらさとふり仰ぐ息子達からは、おもしろくない話ばかり聞かされるが、うつむいてさわれる孫娘はかわいいことばっかりいってくれるのだから、来れば帰るまで「玉子《たまこ》や玉子や」とついてまわって離れない歓迎ぶりである。玉子は自分のうちにもおじいちゃまの所にも無い倉が好きだ。私が義兄と二つ三つ話しているうちに、もうおばあさんと外へ出て行ったが、倉へ通うひあわい[6]で停滞して何かしゃべっている。聞耳《ききみみ》立てて私は動けなかった。孫は祖父から得た知識を祖母に提供して無邪気でいる。かねてそこには庭大根が重なりあうように生えているのを、私も知っていた。「これはねえ、貧乏神なんですって。こんなにどっさり生えてちゃおうち潰《つぶ》れるのよ。そうするとね、お友達のぺんぺん草がお屋根へ生えるんだって、お爺《りい》ちゃまいったわよ。今にお倉の屋根へ生えるわねえ。」あの父とこの姑《はは》と、そしてわが子と、こう揃《そろ》った幕には所詮《しょせん》私は大根とも声のかからぬ、甲斐《かい》無いだんまりでいるよりほかのすべは無かった。新川の店はつぶれた。

父は抜いた雑草は集めて、かならず焼いた。「いくらしたって絶えっこ無い雑草なのだから、せめてその時のそのものは焼いて絶滅させなくてはいけない」というのだ。時には又、「雑草っていうやつはえらいやつだ、大したきついやつだ」と褒めていることもある。そうすると、なぜだか私はほっとする。ずっと以前、父は草取りばあさんに命じて草を取ったあとの地面へ、一々塩をすり込ませてみたと話した。結果のことは覚えていない。雑草のしぶとさもしぶといが、そうまでしたという父の心は身をすさらせたいような哀しいおそれをもって聴いた。縁づいて十年、われから引いて子の父に別れたが、長いあいだを添って過した二つ栗の一つに離れたすわりの悪さ、父の玄関に着くよりさきにすでに心は人恋しく、皮膚もまた寒く火を欲した。そういう私を父は机の前から睨《にら》み据《す》えていた。が、私は押えられず躍《おど》り狂った。父は知ってい、あわれんでい、こらえてい、憂えていた。左肱《ひじ》を机にかけ心持もたせ加減に身を構えて、右手はぴたりと股《もも》につけた父の姿、ゆるさぬその姿。私も父に知られていることをさとっていたが、世に定められた道徳は私の潮を堰《せ》きとめ得なかった。そのころ父は小説を書いた。ああ、草の根に塩を塗ったおうさんじゃないか、と思いいたれば、ぽたぽたと涙がたれた。ぺんぺん草がといった娘はその父をもぎ放されて、これはまた限り無くあわれであった。断ちがたく胸にのこる思いは雑草か。塩だ。塩だ。塩を塗れ。痛さを堪《こら》える専念のうちに、自分には気づかない恢復《かいふく》が静かにひそかに用意されて行ったようであった。雑草を殺す筈だった塩は、からくも腐れ縁のくされどめになって、今はもう二十《はたち》になった娘に私はその父の話をして聞かせている。善悪是非はおのずから消えて、たがいに傷《きず》つけあった道連れをなさけの深いものに思っているし、なくてぞと揶揄《やゆ》されても私は笑っている。

畠もやらされた。およそ道具は皆素人《しろうと》向きな物では満足できなかった人であったから、鋤鍬は百姓なみの大きい重いものであった。これらをこなすことは、おいそれと行かなかった。私は常々不器《ぶき》々々といわれていたのであったが、幸いなことに上背《うわぜい》が高く、よその女の児より腕力が強かったから、力ずくで突貫しているうちに少しずつ会得し慣れた。重量は適当に扱えば人の労力を半減してくれるものだった。「百姓の道具は力学的になかなかうまくできてる」などと、父は着流しの庭下駄で私の労働を見ながらその辺をゆらりゆらりと歩く。耕すということはいくら若いからだにしても腰骨にこたえると訴えると、「そこが百姓の強さなんだから我慢してもっと続けてやって見ろ」といわれた。はっとした。目も挙《あ》げられず土をかえして一歩退る、また土をかえして一歩退《すさ》る。ぎーっと書斎の扉をあけて入ってしまった父を、脊中で見て休んだ。百姓にする気なのかなあ。空は雲ひとつ無く、青くふかあく見えた。

父がどういう気持からこんな労働をさせたのか、私は知らない。おそらくむずかしい意図計画からしたものではなかろう。生母は手まめなひとで、家事雑用の一部のようにして畠をしたそうだ。もとより広い面積があろう筈は無く、照手姫《てるてひめ》のはたけのようにあれも少しこれもぽっちり乍《なが》らいつも整然とさくだって、不時の来客にもあわてて八百屋へ駈けつける未熟な姿は見せることが無かったというから、亡き妻のやりかたを忘れがたみの私に植えようとしたまでだと思う。その頃はかなり細い暮しの人でも娘盛りの子に鍬をとらせる者は無かったが、父はそういう世間なみの常識などはてんで考えても見ないことだったのだろう。私もまた、父にいわれたからするというだけの大ざっぱなもので、思想的に掘りさげるという深いものなどは一言半句聞きも知らなかった。学校は土・日と二日休みだ。ホーリーサンデーを守ってきちんきちんと教会へ行く者、活動写真にほうける者、兄の友達や好きないとこをそれとなく待つらしい者達のなかで、私はひとり土を踏んだ。格別いやとも思わず、ただ時々知らずに蛙を胴斬りにしたりすれば目を瞑《つむ》るくらいで、淡々《たんたん》としていた。が、友達には話さない。掃除教育を話した時に、みんなは、「へえー幸田さんの所ではおとうさんが雑巾がけを教えるんですって！」「ほんと？」「露伴先生が？」と、好奇心と嘲笑《ちょうしょう》を浴せられて、逆にこっちが驚いた。語るを得る友の無いことは知れているから黙々としていた。友達には知られなかったが、うちへ来る人のなかには目の早い人がい、父は質問に答えて、「あれはトルストイアンでね」[7]と笑ったそうである。ふざけている。いわれた人はふざけているとも知らないで恐らく、「さすがは」などと一人ぎめにして尤《もっと》もらしい顔をしたのだろうと思えば、父も相当ないたずら大ザルである。

　私はトルストイは、カチューシャかわいや別れのつらさとしか知っていない。今だってなんにも知っちゃいない。親類の学生がいっている、「なんだか変だな。ここのうちに育った文ちゃんだのに、なんにも読んでいないんだな」と。誰かもいった、「おや奥さん、これ知りませんか。」冗談いうないといいたい。うちの中の手近い所に親爺が八方睨みの目を光らせて、でんとすわっている。トルストイがお祈りしようと、モーパッサンがいちゃつこうと、そんな遠いところまで手がまわらない。変転きわまりない勝手な親爺と、三日同じ穏かな日は続かない雨風の禍いに追いまくられてくたびれている。ものを読むひまにぐうぐう寝て恢復しなくては、とても太刀打ちのできる家の中じゃない。私は意気地なしに相違無いが、まあここのうちの子になって御覧なさい。昔からきまっている、紺屋《こうや》は白袴《しろばかま》、髪結さんはいぼじり巻[8]、文子は無学だ。父の作品さえ読んでいないから、全集編纂の話なんかされてはしかめっ面《つら》をしている。無学は決していいことじゃなし、父も、「おまえが馬鹿なのはものを読まないからだ」といいいいした。

畠には豆を蒔いた。私の蒔いたのは一番やさしい枝豆で、よくできた。初なりをあげた時に父は大いに喜んで酔った。酔って歌をつくってくれた。何でもおまえはいいやつだという歌だったが、すっかり忘れてしまった。畠の豆は大部分父が一人で食べたが、もぐらもち[9]も食べた。朝見たら食べ荒した皮が一杯に散らかっているので父はおこって、残ったのをみんな一時に抜いて朝も昼も晩も豆を食べた。豆は父の大好物で、春の豌豆《えんどう》からはじまって秋の十三夜さまにあげるすがれ豆[10]に至るまで、毎日でもお膳につけた。大概なおいしい物でも「多きは卑《いや》し」といったが、「豆だけは多くてもよい、豆なんぞは多いからいいのだ」と平気でおかわりをするのだから、ばかげている。糖尿病だから糖の排出がひどくなれば食事は制約を受ける。こういう時には米を全廃して三食ともに豆を摂《と》る。ただ茹でただけの大豆である。間も無く験《げん》が見えることは試験管が証明する。即日お酒を飲む、天麩羅・鰻なんでもござれである。「バランスということは秤《はかり》が平均静止していることばかりではない。右があがれば左がさがるから、今度は右をさげりゃ左があがる。それでうまくつりあう」といって、死ぬまで糖尿と豆のシーソーをやった。

信仰のように豆が好きでおいしがったから、私は人から豆を貰《もら》うとうれしかった。豆を煮るに萁《まめがら》を以《もっ》てすということばは、思い出してもなつかしい。豆を茹でることはやさしいが、塩気も無い茹で豆をいかにおいしくこしらえるかはむずかしい。「日本の厨房《ちゅうぼう》に科学が無いから、名人芸はあっても一般的発達は後《おく》れる」といって、外国の料理書を丸善から取寄せてくれたが、私には読めなかった。量と時間と火度のことが一々経験済みに親切に書いてあり、なかには生《なま》から煮えるまでの変化道程がくわしく書いてあって驚いた。「豆を煮ることなどはもっとうんと科学的にやるべきだ。アメリカなんぞでは豆を干すにも煮るにも数を数えてするのだろうか、そうして料理した茹で豆を味わってみるのはおまえの知識になるだろう」といって口髭頰髯《くちひげほおひげ》をもくもくと動かして、配給のアメリカ豆をたべた姿は忘れられない。

私は畠をやらされたおかげで一人の知己を得た。一葉女史[11]の妹、故樋口邦子さんである。このかたは一葉以来の交際であるから古い人で、母が死んだのも継母が来たのも知っている。色白にすらりとして、高い鼻とか鮮かに赤い口をもった西洋人のような美しい人、半襟は男物の黒八[12]を重ね、下駄は糸柾《いとまさ》の両ぐりに白鼻緒、地味は粋《いき》のつきあたりといったすっきりした様子で、盆暮には礼儀正しい挨拶と多分な贈り物を持って来訪する。綺麗な能弁で文士の内幕、作品のよしあしも論じ、世態へ向ける目もおもしろく賑やかに話して行く。同じ年頃の娘をもつこの人が、植《うえ》込《こみ》を透かしてうつる私の百姓姿を見のがすことは無い。ふとさした人影に気がつくと、畠と玄関の庭のしきりを押して、笑顔と白足袋が寄って来た。如才無い常識の挨拶を華やかな声で話すうち、目は二三度上下して、私は泥の手足を眺めまわされ恥かしかった。途端に低く沈めて、「よくまあなさいます。ああいうおとうさまおかあさまです、あなたはお若い、御辛抱なさいませ。あなたのおかあさまはそれはそれはよくお働きになりました、あなたもどうか。」一しょう懸命にとはいわれず、いきなり私の手はその人の白い両手に揉まれ、見ればその高い鼻のわきを玉はつらなり落ちていた。「お怪我《けが》などなさいませんように、御十分お大事に遊ばしませ。」さっとからだを折って、「も、そのままにいらして、どうぞおしごとを」は後ろ向きのまま。私はろくに口も利けず立ちつくした。つらいしごとだと思って悲しんでいたわけでもないのだから、泣いてくれるほどかわいそうがられるのは当らないことであったが、いたわりのことばを聞いた潤いは否めなかった。そのくせ又一方では、なぜ百姓をすればあわれがられるのだ、ままっ子だからの特別お涙はいやなこったという生意気を湛《たた》えてもいた。お気の毒なことに、このことから樋口さんはははになんとなく疎《うと》まれ、持って来る相談、おもに一葉さんの作品に関しての話は一応難癖《なんくせ》をつけられがちであった。この人は浮世の砥石《といし》にこすられて、才錐《きり》の如く鋭いところがあって、来る毎《ごと》の相変らず流れるような応対術はははの水準をはるかに抜いていてい、ははは外交官という名をたてまつった。それ以後、小石川のこの人のうちの近所へ越すまで、さしたる交渉も無かったが、私は注意してその人の話を聴き、そして子をもつ女のやわらかさに感化された。父は「利口な女さなあ」といい、「大した鼻だよ、立派だよ」といった。父の鼻は低いのである。

父は一と頃菊作りをやって、例の徹底ぶりを見せ、私達きょうだいはお相伴《しょうばん》にあずかった。本をあさって読むは無論、人に聴く、植木屋を呼んで来る、苗は秋田の更生会から取寄せる、鉢だ、腐葉土だ、薬肥だ、輪台だ。そこで畠は野菜をやめて菊畠にさせられ、きょうだいは芳《かんば》しからぬ肥料係をいいつかった。弟はただちに叛旗《はんき》をひるがえし、嘴《くちばし》をとんがらせて不平を鳴らし、「おれはいやだ」と父を前にして堂々とほざいた。「おまえは黙っているときには貴公子だが、そうしてしゃべくり散らすときは長頸烏喙《ちょうけいうかい》[13]、よくない人相だよ。親に楯《たて》つくやつはくそ担《かつ》ぎが頃あいだ」とぶった斬《ぎ》った。こうなってはしかたが無い、私が冠《かぶ》るばかり。憤慨その極に達している弟をなだめ、「ただほんとにその時だけ片棒担《かつ》いでくれれば、あとは皆ねえさんがするからどこへ遊びに行ってもいい」という条件で落着した。弟は、「ねえさんがかわいそうだから勘弁してやる」といったが、いつもこういう変な勘弁に出会う。しごとはそれが又、実に念入りな註文つき作業だった。畠へ三尺四方、深さ一尺の浅い穴を掘り、葭簾《よしず》を蔽《おお》って四隅《よすみ》にとめを刺し、ここへ一件を流して漉《こ》せという恐るべき事業なのである。

穴を掘るのは何でもない。柄杓《ひしやく》もある。が、桶《おけ》が無い。父は弟に真向《まっこう》からいやだとやられた機嫌が直っていないものだから、私にも当って、「そのくらいな工夫ができないとんちき」とおこっている。不断は、「怒りを人に移すやつは下等だ」といっているのだから、私も中《ちゅう》っ腹《ぱら》になる。醤油樽の鏡[14]を抜いて縄をつける。縁の下へもぐって丸太の細いのを引摺《ひきず》り出し、鉈《なた》でガッガッと短くした。三人ともおこっている。着物をよごしては一大事、高々端折《はしょ》って覚悟した。黄金は、かぽちゃりかぽちゃりと悠久な音楽をかなでて、樽に満ちた。丸太を縄にくぐらせ、私が先に立つ。と、「先棒いいかあ。」弟のせりふもどきの奇声である。一時におかしかった。こういう感情の急変はたしかに父譲りで、きょうだい共に持っている。担ぐのははじめてであるから調子が悪い、それになかなか重い。さきに歩く私は見ないけれど、あとにいる弟は、あわや溢れるあやうさに、阿房《あほう》のようにアッアッと間投詞を投げる。裏から抜けて庭を通り畠にいたる大道中、外八文字[15]くそをくらえ、真剣白刃《しらは》の刃渡り[16]である。一回二回は無事に済んだ、三回目も終りに近い庭のなかほどをよたついているときに、親旦那様が出て来た。「屁っぴり腰」とどなり、ワッフワッフワと笑った。つれて私も、フッフッとこみあげるおかしさをこらえると、いやに脚がよれよれになった途端、デデッとかしいだ。「南無三《なむさん》」と父がいった。飛んで逃げた。妙香あたりに薫《くん》じ、三仙の笑声天外に落ちた。もう誰もおこっていなかった。相協力して檜の根方まで運河を通じ、水を注《そそ》いで清掃した。

秋、畠は絶景を現じた。こやし負けした葉はちぢれ円《まる》まり、茎はのびて垣を越すこと一尺二尺、胡瓜のそえ竹では間に合わぬ始末。咲くは手《て》塩皿《しおざら》ほどな赤・白・黄、道行く人は「菊の花のようだね」といい、植木屋は「どうもちと」といったが、父は毎朝うち仰いで機嫌よく、「支那人はしゃれた人種だから、せいの高い菊の詩を作っていぬとは限らない」といって、あちこちさがしていた。話は落ちがついてもうおしまいであるが、なお一言加えて筆を擱《お》く。その翌年、畠は管《くだ》弁《べん》、匙弁《さじべん》、厚物《あつもの》、糸咲、狂い、懸崖《けんがい》[17]、光輝あるものであった。

（一九四八年　四十四歳）

註

1 〔七部集炭俵〕芭蕉一門の選集、七部集の一つ。
2 〔十六貫〕約六十キログラム。一貫は、約三・八キログラム。
3 〔冷飯草履〕鼻緒もわらの粗末なわら草履。
4 〔ろくにする〕平らにする。
5 〔撞木形〕丁字の形。
6 〔ひあわい〕家と家の間の狭いところ。
7 〔トルストイアン〕ロシアの作家トルストイの、素朴な農民生活を理想とする思想を実践する人。
8 〔いぼじり巻〕簡素に束ねた髪型。
9 〔もぐらもち〕もぐら。
10 〔すがれ豆〕「すがれる」は、盛りが過ぎて衰えること。
11 〔一葉女史〕樋口一葉。明治二十八(一八九五)年発表の「たけくらべ」を露伴、森鷗外らが絶賛したことがきっかけで、評価を得た。大正十一年建立の、山梨県塩山の一葉文学碑の碑文は露伴による。
12 〔黒八〕黒八丈の略。黒無地の絹織物で、主に男ものの袖や襦袢の衿に使われた。
13 〔長頸烏喙〕首が長く、口がとがっていること。忍耐強いが、残忍で欲深、疑い深い人の人相。
14 〔樽の鏡〕樽のふた。
15 〔外八文字〕花魁道中で、つま先を内側から外へ向けて歩く様子。
16 〔真剣白刃の刃渡り〕本当の刀をさやから抜いて、その刃の上を歩く軽業。
17 〔管弁、匙弁、厚物、糸咲、狂い、懸崖〕すべて、菊の種類や仕立て方。

啐啄

三十何年も前の懐《なつ》かしい想い出である。非常によい天気の日で、父と私は庭のまんなかに立って、どういうわけだったのか、二人とも仰《あおむ》向いて天を見ていた。突然父がいった。「おまえ、ほら、男と女のあのこと知ってるだろ。」

「え？」

「どれだけ知ってるかい。」父は仰向いたなり笑っているようだった。

はっとした。羞《はず》かしさが胸に来たが、羞かしさに負けてうなだれてしまうような、優しいおとなしい子でない私だった。

「知らない！」

都合のいい常用語が世の中には沢山ある。「知らない」の通じる意味は広いのである。学校の先生は「知らない」は「知らない」だけにしか教えないけれど、こどもはいつかちゃんとそういう、こすいことばというものの威力を心得ている。私は明らかにごまかそうとしたのである。

「ばかをいえ、そんなやつがあるもんか。鳥を見たって犬を見たって、どれでもしているじゃないか。第一おまえ、このあいだ菜の花の男と女を習ってたじゃないか！」

図星なのである。花の受精は理科で習った。しかしそれは動物、ことに人間の性欲とを一直線につなげることができるほどに覚《さ》めてはいなかった。鳥も犬もよく知っている。菜の花を無色とすれば犬は単彩である。それとても大部分は姿態の滑稽《こっけい》感が一等さきに眼を誘い、なにか異常感もかんじはするが、それがはっきり人間とは結びつかない。雄と雌、人外のことという考《かんがえ》のほうが勝っていた。人間にもそれに似た特殊のことがあると、ちらちら小耳には挟むが、現今の住宅難による雑居のようなすさまじい世の中ではなかったから、眼からさとらされる恐ろしい経験はしていなかった。知っているといえば、それだけでもすでに知っているのであり、知らないとはうそである。父の何気《なにげ》なくいいだしたことばはマッチであった。しゅっという発火のショックにちょっとたじろぎはしたが、光はあるかたちを私にはっきり見せた。啐啄《そったく》[1]同時であったのだろう。

「正直な気もちでしっかり見るんだ。これんばかりもうそや間違いがあっちゃいけない」といい、「きょうからおまえにいいつけておく。おしゃべりがろくな仕事をしたためしはない。黙ってひとりでそこいら中に気をつけて見ろ」といわれた。

私の家は小梅[2]の花柳街に近く、玉の井[3]の娼家も遠くなかった。縁日の夜などござをかかえた女の影を、路地によく見かける。したがって道にゴム製品の落ちているのは珍しくないし、その製造工場もあって、友だちの母親やねえさんで、そこの工女に通っているものもあった。私もそれを分けて貰って遊んでいると、いきなり手頸《くび》をひっぱたかれ、襟がみをつるされて湯殿へひったてられ、強制的に手を洗わされ、さて大眼玉を食った。しっかり見なかったといって叱られたのであるが、およそ不可解だった。「わからなけりゃ叱られたことを忘れずにいろ」といわれたのだけはおぼえた。

女学校一年の春、書斎へ呼ばれ、これを読めと指さされた机の上には、厚い辞書が開いてあった。女体の図解と説明があったが、はなはだ難解であり、一しょう懸命にわかろうとした。本を伏せ、外へ出、梨の花の下にたたずんでいると、大昔から長い長い年月がたっているんだな、という気がした。いってみれば、自然と学問の尊さに打たれていたとでもいうものかとおもう。その後、夏、はばかりは紙の化学変化で点々と赤かった。ははは私に来潮があったと誤解して訊《き》いたが、その態度が私に実にいやだった。同じ主題の下《もと》、父には神秘なものを感じて感謝し、ははからは不愉快と不潔をしか受けとらなかったとは、おかしなことである。

江東《こうとう》[4]は水害の危険がある地だったから、隅田川の堤防補修工事はしょっ中といっていいほど次々と行われてい、働く土工夫は土手を行く婦人をからかうのを仕事のつきものにしていた。学校へ、おつかいへ、往復する私も彼等の口をのがれるものでなく、卑猥なことばが投げかけられる。私は腹を立ててはははに訴えていると、うしろに父が聴いていて、「そんなことぐらいでおまえは閉口していては、いまにもし応酬しなくてはならない場合があったら一体どうするつもりでいるんだ」とやりこめられた。

きたなくいえば無際限にきたなくなって遂には乱に及ぶ因にもなるのだから、ことばを択《えら》まなくてはいけない、それが秘訣なのだと教えられ、古事記一冊が教科書として与えられた。しかもその古事記たるや成友《しげとも》叔父[5]の註釈に成るものであったから、ちょっとびっくりした。のちに果してそれは役立った。私は開き直って座の人達にいった。「そんなむきつけなことばでなく、もっときれいにお話しになって頂戴《ちょうだい》。みとのまぐわいとおっしゃいよ。」

あっけにとられた顔を尻目にかけて、私は身をひるがえした。「なあんだ、古事記も知らないでそんなことといってるのか、さよなら！」

父は大いに笑ったが、私が古事記からおぼえたものはその一語よりほかないと聞いて、いよいよ大笑いに笑った。

その後、猥談の小咄《こばなし》をちょいちょい聞かせてくれた。前身教育者であったははが、父のやりかたへ真向《まっこう》から反対し論争になり、中に入った私はちぢこまりながら両方の説を聴いた。ははは、そんな話を聞かせる親聞く子では家庭の神聖は保たれず、堕落の風になってしまう、第一処女の羞恥《しゅうち》がなくなってはばくれんになる、という。父は、なまの羞恥心ぐらいあぶないものはない、猥談を聞いて消失するような羞恥心なら、むしろ取り去ったほうがいやみがなくっていい、ほんとうの羞恥とは心の深いところから発するもので、それが美しいのだというようなことをいって、「親の聞かせる猥談ほど大丈夫な猥談は、どこを捜したって無い」といいばったから、母は歎息《たんそく》とともに黙ってしまった。

私には結婚は羞恥の楽しさの連続であるようにおもえた。一碗の茶をすすめる楽しさも羞かしさが加味されている。猥談による男女間の羞恥の消滅などはないとおもう。結婚直後の、まるで挨拶のようにいわれる猥雑な文句にも、私は平然として色を変えずにいて人々を驚かせ、二人きりであるべき境界線の内を他人に窺《うかが》わせまいとした。それにもかかわらず父のいわなかったようないいまわしかたには、たちまち足をすくわれてくわっとのぼせるようなへまをした。なまの羞恥はそんな危険があり、なぜもっと父の話を沢山聴いておかなかったかと悔やまれた。

私に娘が一人いる。ほとんど戦争のなかで大きくなって来たようなものである。その父はアメリカにいたことのある人だったので、性教育の賛成者であったが、娘の運命は父を離れて祖父と母と三人で暮すようになってしまった。私は自分が施された教育を譲《ゆず》ってやりたく思ったが、かつて私が父にもった信頼感をよく娘にもたせ得るかどうか、はなはだ心細く、己《おの》れの非力を羞じていた。ところが祖父は子の私にしたように孫にはしなかった。とんぼもかまきりも実物の観察は第二にして、まず全体的に強くなる工夫を施してやるのが、こんな乱世には第一階段だといって、好めば何でも読ませろと指図した。

当時五年生の子は漱石の猫を愛読してい、祖父はそれをよしよしといった。ある日、私と子はバスで吾妻《あづま》橋を渡っていた。おかっぱにセーラ服の小さい子は突如、「かあさん、この橋が恋の橋でしょ」といった。「寒月さんが恋をして気が変になったのはこの橋じゃないの?」

そばにいた大学生が噴きだし、彼女もはははと笑って、私だけが狼狽《ろうばい》して暑くなった。

又ある日いう。「毎朝学校へ行く道に男の人が待っててくれるの。とても親切で、こんだ電車へもうまく載せてくれるし、どんなに押されてもその人がちゃんと抱いててくれるのよ。雨の降る日なんかその人が待っていてくれるといいなと思うのよ。」おつむの髪がたんとあって、眼鏡の人だという。私は安らかでなく、いくつ位? と訊く。

「心配いらないのよ、恋の人っていうんじゃない人なの、おとうさん盛りっていうくらいの齢の人なの。」

孫の話をおかしそうに聴いていた祖父は、「ちっとおっかさんしっかりしないといけないね」と私を笑った。

そのうち戦争は厳《きび》しくなり、その小学校の屋上に兵が寝泊りするようになって、噂が流れはじめ、先生の苦心をよそに上級男女生は放課後防空壕《ぼうくうごう》遊びをしていたという話が伝わって来た。むかし、私が犬や鳥の姿態に滑稽と異常を感じた、それと同じものをいま娘が友だちの上に感じて観察をしている態度でいることを知ると、私ははっとした。そしてマッチはいま擦《す》らねばならないとおもった。

女学校は勤労動員で飛行場へやられた。この頃は人情本・黄表紙[6]を与えてどんどん読ませていたが、梅ごよみ[7]はどけておけと命令した。西鶴の作品などもわかりやすく話してやり、色好みな女が年老いて五百羅漢は皆おもわくという条《くだり》など、孫もおもしろがって聴く始末である。工場のなかは早熟な恋愛と肉体が渦を巻いている。空襲の惨禍につれて起った捨てばちな行動は、いやでも眼と耳をゆすってつきつけられるらしいが、読んだもの話されたものは、どれも工場内のものより高く美しかったから、さいわいそれほどの刺戟《しげき》にならず終戦を迎えた。

疫病のようにエロといわれるものが拡がった。私はそういうものを一切隠さない。一つ読み二つ読み、娘はうかない顔をして質問する。

「ほんとのこともこの通りなの？」

「心ごころさ。だから大切なのよ」と私はいう。

学ぶことは自らすべきであり、保護は長上がしてやるべきである。父から子、子から孫へと伝えて来て、今日なお私にも娘にも役にたっているのは「正直な態度でよく見ること」であり、親子隠さずに話しあうことである。

（一九四九年　四十五歳）

註

1［啐啄］期を得て、一致すること。「啐」は卵がかえるとき殻内側からひながつつく音、「啄」は母鶏が殻をかみ割ること。

2［小梅］向島の一区。同じ向島でも蝸牛庵のあった寺島には田園が残っていたのとは趣が違い、花街があった。

3［玉の井］向島にあった私娼街。

4［江東］隅田川の東側の地域。

5［成友叔父］露伴の弟。歴史学者。

6［黄表紙］江戸期の草双紙。黄色の表紙で、絵が多い滑稽本。

7［梅ごよみ］為永春水作『春色梅暦』。美男子丹次郎と深川芸者米八の恋を描いた人情本。

祝い好き

祝いごとは暮しのなかにいくつもある。誕生、入学卒業、就職、結婚、昇進、新築、還暦古稀《かんれきこき》とかぞえると、これだけでもうその人の御一代記ができてしまう。だが、これだけではつまらない。これはいわば表むきの祝いごとで、そんなに改まらない、もっとくつろいだ、安気《あんき》な祝いが一年のうちにたくさんはさまって、うまい按配《あんばい》にたのしくできている。

行事がそれである。いまは行事など、にべもなく流し消されて、残っているのは新年、雛の節句、端午《たんご》、中元くらいのものだが、むかしはいろんな行事があった。新年もなな草、鏡開き、女正月という具合である。曜日制でなかった昔は、行事という形をかりて、くつろぐ日を配慮したものとおもう。

もちろんその日には、ご酒《しゅ》ひとつ添えて、気をゆるめ身を休ませる。もっとも、いま週休、祝祭日の上に昔の行事まで休んだのでは、結構すぎて身がもたなくなろうから、行事の消えるもしようがないが節分の豆にちょっと少し酔い、初午《はつうま》[1]の太鼓をさかなにひとつ祝う、というのは土曜の夜にジョッキをほすのとはまたちがって、いいものだったとおもう。いい年をしたおやじさんが、端午は男の祝いだとばかり昼日なかからうれしがって酔っていたのなど思いだす。なぜ覚えていたかといえば、そこのうちの茶の間は、天井にあかり取りが切ってあって、あかり取りは当時でももう古物で、多少珍らしくなっていたからである。五月晴れの、あの明るいあかりとりの下では、どんなにかまわりがよくて、上機嫌だったのも当然のこと、世の中も人も酒もゆったりしていたものである。行事の祝いはそう酔うてこそだろうか。

けれども、行事は所詮《しょせん》行事、いくら寛《くつろ》いだめいめいの休みだといっても、きめられた日、きまっている事というものは、やはりとことん勝手《かって》ではない。お仕着せの融通きかなさがある。そこでもっと自由に、気ままに寛ぎたい人は、四季にかずけて、適時に、祝ってしまう。私の父なども、こういう勝手祝いともいうべき祝いは、まことに上手だった。梅でも桜でも、なんでも興がのればみなおみきをあげてしまう。鵙《もず》も時雨《しぐれ》も、随意に祝われてしまうのだから、おかしくなる。

こんなみごとな花を、この鵙の威張った声を、おまえはまあ、めでたいとは思わないのか、という。花の美しさ、鵙の威勢をいっているようでもあり、また、今年の花今年の鵙に相逢うことのできたわがいのちのことをいっているようでもあり、めでたいの一語もこう使われると深くなる。だからつまり、めでたいのだから、喜んで祝って、お銚子というのが筋というわけである。

鵙の声がめでたいから、ひとつ祝ってやれなどは、ついふきだす明るい休息ではないだろうか。

そんなおかしい人だったが、喜寿のときに私はぐっと叱られた。私が父の喜寿を祝う形で、内輪の親しい方をおまねきしたのだが、もとよりささやかなことなのである。するとその前夜、席《せき》次《じ》はどうきめたかという。そんな大げさなことなどと慌てて弁解したがきかない。どんなに手軽なもてなしであっても、どんなに隔《へだ》てない付合いであろうと、それとこれとはちがう、人をよぶからには、まして祝いといったのならなおのこと、席次の心づかいなしとは不《ふ》心《こころ》得《え》千《せん》万《ばん》だ、とさんざんの不興だった。詫びてあやまって、教えてもらって、やっと、気をつけなければならぬことと、粗《そ》相《そう》を知った。まったくあの時は、鵙とひとつにはならなかったのである。

祝いごとはいくつも、さまざまある。あかり取りの下の昼日なかも、鵙も、ぴしっときた叱られも、祝いはみなそれぞれにめでたいのである。

(一九七〇年　六十五歳)

註

1 ［初午］二月の最初の午の日。稲荷神社のお祭り。

第二章

家事のしつけ

机辺

机に花があることはどうだろう。床の間にあって、応接間のテーブルにあって、食卓にあって、鏡台わきにあるのはよくわかる。あるほうがいい花である。だが机となると、私にはあやふやになる。正しくはどうなのだろう。あるのがいいのか、あってもよしなのか、無いのが本当なのか、どっちでもいいのか。私自身ははなはだ勝手で、読書のときの机には花のあるほうがよく、ものを書いているときの机には、花のないほうが好きである。

もっとも私には、机そのものへのはっきりした想いがないのだから、机の上の花はなおのこと、不確かなわけだともいえる。机は家具だが、ほかのオール家具とはちょっと違って、一段別格な感じをもつし、やはり箪笥《たんす》や鏡台より憚《はばか》りがある、とそのくらいしか思わない。

亡父は机の上をひとにさわられるのを嫌っていた。掃除のときも、なまじっかに手などつけてくれるな、というほど癇性《かんしょう》がつよかった。よく「そっちは掃除をしてかたづけたつもりかもしれないけれど、こっちは逆に引っ掻きまわされ、硯《すずり》も墨も気色わるくいじられたという気がする」と不愉快そうにしていた。だから私が掃除の訓練をうけはじめた最初のころには、父の机にはひやひやしていた。掃除をしないわけにはいかず、すればきっとどこかに落度《おちど》があって父を不機嫌にしてしまう。

しかし、そのうちコツをおぼえた。小取まわしに塵《ちり》を払えばいいのだった。糊壺《のりつぼ》と水さしと香《こう》盒《ごう》とが三角に置いてあれば、それを一度に取りのぞいて、さっと拭こうなどとしてはだめなのである。そのうち糊壺ひとつだけを取りのける。その時しっかり、水さしと香盒との関連から、壺の位置をおぼえておく。一つだけの移動ならそうむずかしくなく、元の位置を外さないで済む。考証ごとで何冊もの読みさしの本がでている時も、一つずつ取りのけ、他のものとの関連でおぼえていけば、雑作《ぞうさ》なく現状維持の掃除ができる。

もう一つ私のさとったことは、あまり手早にせかせかとしあげた掃除は、たとえ掃除そのものに手落ちはなくても、先ずおよそは父の不機嫌をかうということである。掃除したあとに、せかせかした空気が残っていて、あたかも塵が浮遊しているような、静まらなさがあり、これが父に抵抗を感じさせるらしかった。ことに机の上はだめで、落ちついて拭《ぬぐ》うだけの時間がないくらいなら、むしろ塵のままにおいておくほうがましかもしれなかった。机の上をそそくさとすることは禁物だった。「それほど忙しくてはまことに気の毒。これ以上のことを頼む気はない。放っておいてくれ、自分でする」といわれてしまう。嫌味や当てつけでそう言ったのではなく、何処《どこ》となく漂って感知させてくる、仕上げの味のわるさで、本当に父はそれ以上、たのむ気などなかったのだろうとおもう。なんとなくもやもやと知らされるのは、あけすけなのよりもっと嫌な気持だし、ことにそれが自分の仕事の場である机でそうあった場合は、と察しられる。とにかく亡父は自分の机を、自分なりの一種の潔癖をもって扱っていたのであり、無神経にどうでもいいというのでなかったことは確かなようである。

机に花を置いているのを、私は見なかったと思う。花のほかの飾りもの置物もなく、文具だけだったようである。だが正月の机にだけは、水盤に根つきの水仙をおいていた。私と弟とが、父へ奉《たてまつ》るお年賀なのだが、その水仙を買うお金は、実は父から年末にもらったお歳暮の現金からでていた。要するに父からでたお金がひとまわりして、水仙になって机へもどる勘定になる。

そんな父の机を見ていたせいで、私も机へはさほど花をほしがらないのかもしれない。けれども、机も花も私にはあやふやなことばかりだが、自分の意志のはっきりしている花が、たった一つだけある。それは台所の花である。

リヴィングキチンの、台所と食堂とがつながっているところなら、テーブルに花はあったほうがいい。しかし食事ごしらえに専念する台所としての場所にならば、やはり他人ごとでも花はないほうがよく思う。自分の台所ならなおのこと、花はおかないし置かせない。うす黒く汚れたふきんと俎板《まないた》、不整頓な鍋釜、そんなだらけた台所へ花をおいて、何の足しになるだろう。花こそ大迷惑で、油気と塩気のまざった空気に絶えずなぶられ、味噌醬油のあいだに蟄居《ちっきょ》させられて、見るでもなく飾るでもない取り扱いをうけては、身の因果をなげくほかなかろう。

台所に花があって、なるほど具合いいな、と感心したためしがないのである。ことに窓のへり棚のはしに、引っくり返りそうにして置かれているのを見ると、私はむかっとする。花をおくほどやさしい気があるのに、よくこんな危なげな、邪魔なことをして平気でいる、と疑う。私はこういう「しみったれた台所の花」をみるのが嫌いだ。けれどもそういう自分が台所へ花を置くようにと、もし誰かにいいつけられでもしたらと考えると、自信はない。やはりしみったれてしまう。だから、ひとのことはいえない。五十歩百歩だ。私は出たり入ったりする我が家のお手伝さんたちが申合わせたように、台所へ邪魔くさい花を置きたがるのを、だまってみている。そして、いつかは台所へ、ああ美しい、といわせる花をおきたいものだという気をもっている。これは私が、ものを書くときの机に花を置きたがらない気持へ、どこかでつながっているように思うのだが——土にいる花、床の間、応接間の花、机の花、食卓の花、その他さまざまの花を数えれば、やはり私のおもしろく思うのは土にいる花であり、花のほうから私へ問いかけてくるのは、台所の花ではないかと思う。

新年の机は大きく見える。みんな片付いて、硯と水さしと筆墨だけになるからで、筆だけを亡父は新しくしていた。机の前に専用におく座布団も、ふとん皮だけ替えて新しくする。煙草盆《たばこ》も亡父は自分専用のを使っていたが、この灰吹き[1]を青竹の新しいのにかえる。それだけのことだが、机は冴えてみえた。どうもあのきちんとした感じは、ただ単に雑物を整理して片付けた、というだけのものではなくて、一月の寒気とか冷たい空気とかのせいではないかとおもう。私も自分の机上を片付けてみるのだが、ああいう定まった感じはでない。暖房具がよくなって、室温がむかしより高く保てる昨今では、締《しま》った雰囲気はつくれないのかもしれない。

　朝の机へお茶をもっていくことは、私の日課の一つだった。食事をすませて亡父は書斎へ立つが、その時追うようにして焙じ茶をひとつ持っていく、これが一番目のお茶。十時ごろ二番目のお茶で緑茶をもっていく。この二番目がコツものだった。その時間には父はもう、読むなり書くなりのことにすっかり身を向けている。それを乱さないようにして、お茶をだす。それがなみであり当然なのだ。従って、はい、お茶もってきました、などというのは愚かしい限りで、わざわざ声をかけて、ひとの仕事の流れをはばむことになる。乱す、さまたげる、さからうなどは机にいる父のまことに欲しないこと、嫌がることなのであり、嫌がることをしないように心掛けるのは、当然なすべき礼儀なのである。それはわかるが、礼儀の理屈がわかっただけでは、お茶は上手にだせなかった。

いま、お茶一杯でこんなことをいっていれば、誰からもそっぽ向かれてしまう。めんどくさい、と吐き捨てにいわれるだろう。いまのことではなく、四十年も五十年も前に、私もそう思った。まったく、めんどくさいことだった。しまいには勝手な理屈になってきて、嫌がることをしないのが礼儀なら、こちらがこんなにめんどくさがり嫌がっているのだから、お父さんのほうでもお茶を遠慮していい筈《はず》だ、などとかげ口をいった。けれどもそこが日課の強味だろうか、毎日止むなく続けているうちに、実行から会得がある。

今日は我ながらおいしそうにお茶がはいった、というときはすっと部屋にはいれ、すっと茶碗が出せ、すっと引上げてこられる。部屋を出るときちらりとみると、父はもう茶碗を手にとり、目だけは本へいっている。つまり、相手を乱さない、なみのお茶だった。なんのことはない、上手にお茶をだすというのは、真っ先にうまいお茶をいれればいい。うまいお茶はどうするかというと、自分がのんで、味だの香りだの、色、温度などがわかればいい。うまさなどは比べればすぐわかってしまう。わかれば何処となく大丈夫な気がして、さっさと歩ける。こちらがうじうじしなければ、もともとあっちはあっちの仕事にかかっているのだから、こちらのことなど気にはしない。それだけのことだ。

こちらの仕事は第一が間違いなくおいしいお茶をいれること、第二が運ぶこと。第一は自分一人でする仕事だから論がない。第二が接触のしどころだが、茶碗を置いて帰るのは一分もかからない短かさだ、と思えば助かる。そこで自然に明らかになるのが、あっち、こっちはこっちといった思いかたでは、なにか気のとがめるよそよそしさが残るということ。それも段々と日課を重ねるうちに、ひとりでになんでもなくなる。なんでもなくなったあとで、ふうっとわかるのは、こちらがいつか親に従ってしまっているということだった。あっちは本流、こっちは支流、支流が本流へ流れこむときは、本流へなぞえ[2]になって入る。なぞえになるのがなみで当然で、さからわないことだろうか——二番目のお茶はたしかにめんどくさかった。でも、そんなにめんどくさくもなかった。めんどくさいことはいつも身辺にきりがないけれど、大がいは最初にみた目より、実体は小柄だと私は思う。逆にいえば大柄な見せかけで出てくるから、けれんにだまされないことだといえる。私は「めんどくさいはへっつい[3]の熾《おき》[4]」と思っている。へっついの中にある熾は、実体よりずっと大きくみえるから取り出してみるとなあんだと当外れになる。

亡父はよく「無理なことはいっていない」となげいていた。誰にきかせても無理ではないことでも、その当人一人にとってはとてもだめだという場合もある。理解の力がそこまで及ばなければ、理も無理になる。はじめからすぐれた理解力をもつ者はしあわせだが、劣るものはつらい。このごろよくテレビの喜劇で、うすのろ役が利口役に嘲笑されつつ、頬をふくらませ「やりゃあいいんでしょ、やりゃあ。ええ、やりますとも」などといってる場面にあう。すると私は笑わされながらも、ふっと淋しくなることがある。感情の居どころがわるかったせいだろうが、「そうなのだ。とにも角にも、敏《さと》くないものにも道は与えられている。やりゃあいいんだ。そのうちわかってくることもあるんだ」という思いである。無理をいってはいない、というなげきも侘《わび》しいものだったろうし、やりゃあいいんでしょ、ええ、しますとも、という抵抗、そのおかげでどうにかわかったあとの、それが決してそんなにすっきりした気持ではなく、三十年もたったあとまで何かうら哀しさがあるのも、ほんとに侘しいことだと思う。

でもまあ、あの時、辛うじてではあったが、十時の机へお茶を運ぶことができてよかった、とは思う。

（一九六五年　六十歳）

註

1 ［灰吹き］キセルたばこの吸い殻を入れる筒。多くは竹製。

2 ［なぞえ］ななめ。

3 ［へっつい］かまど。

4 ［燠］薪などの燃えさし。

煤はき

女は、どういうわけか、殆《ほとん》ど天井というものを見ることなく暮しているようだ。だが男はだれも時たまは、天井へ目を当てているものだ——と若いときそう言われた。はっと刺してくる言葉だった。

もっともこれは、下手な掃除をたしなめられていた、つまり叱られて言われていたのであり、このあと続いて「畳の上は毎日掃くのに、なぜ天井の煤《すす》は、一年中ぶらさげておくのか」ときめつけられたのだが、煤はさておき、言われてみると確かに自分は、殆ど天井を見ることなく暮していたのに気付いた。天井を見ない——これは痛烈な皮肉である。しかも、男は時たまには、天井へ目を当てているものだ、ときかされると、じんわりと恥を感じる。こういう叱言《こごと》は効く。以来私は天井へ気をつけるし、天井よりもっと上の、青い空をふり仰ぐこともおぼえた。我慢のいる嫌なことがあったり、淋しく気の滅入るときなど、首をあげ心をおこして遥《はる》かを仰ぐとなぐさめになる。ついでにいうのだが、「姿勢」というものは随分、ひとの気持をかえると思う。正座は乱れた心を整頓するのに役立つし、高いところを見る姿勢は、崩折れそうな心をささえる。

ついでにもう一つ、それは叱言の効果ということ。言ったその時だけ、言われたその時だけ効いたというのも、効果はあったわけだが、多くはそのまま流れてしまって、あとに残らない。そういうのは「当座の叱言」とでもいえばいいかと思う。身にしみてずっとあとまで、忘れられないのもある。だが言われたほうも、年齢と共に成長していくから、忘れられなく叱られたその事柄も、いつかすっかりこなして身につけてしまい、そして忘れる。いい叱言だったといえる。功成って消えた叱言といえばいいか、身につくまで消えずにいた叱言といえばいいか、覚えていた間が三年なら三年効いた力量、五年なら五年の力量ある叱言だったことになる。それがもし「あんまり凄《すご》い剣幕《けんまく》だったんでよく覚えたんだけど、いま考えてみると、どうも少し筋のたたない叱言だなあ」などということになると、これは逆効果のマイナス叱言である。

叱言は言いかた、事柄、さまざまだが、誰しも言われた経験言った経験、両方をもっている。両方とも、時の歯車にかませてみることだと思う。力量のある叱言は、何十年も効いている。そういう、足しになる叱言は、心掛けてもなかなか言えない。言うなら力量のある叱言でなくては、ダメだと思う。言われた時すぐにはっと理解し、聞いたあとじんわりと重味を感じ、おぼえるでなく忘れるでなく、あとあと消え去らない叱言――こういうのは光っている叱言、とでもいおうか。言った当人は、もうとっくに逝ってしまって「多分あのひとは、自分の言った叱言の効果のことなど、別に気にもしなかったろうが、いまもあの言葉は私に効いている」と思い知る時くらい、故人をなつかしく思うことはない。言った人にとっても言われた者にとっても、両方に効果たかき叱言だったわけである。

煤はらい、煤はき。もうこの言葉も古くなって、若い人たちはつかわなくなっているようだが「煤はらい」には、「大掃除」といったのでは現わしきれない、歳末のせわしいなかでする、特に念入りな掃除や片付けの意味がひびく。季感の深い言葉である。

私は雑文を書いて十五年になる。そのあいだ年中行事については、ずいぶん毎年書きもしたし、放送で話もした。そのうち種ぎれになった。行事についての過去の想い出話が、そう無際限にあるものではないからである。仕方がないから新しいタネを集めて歩いた。するとこれが一年おくれになる。今年の七夕に実際に歩いて集めたタネは、来年の七夕の材料にするのだが、なんだかいつも「一年古い材料」といった寝ぼけた感じがあり、かといって今年見て今年書いたのでは間にあわない。それでついに、心萎《な》えてきて、原稿ばかりではなく、行事そのものにも勇みや喜びがうすれてしまった。そんななかで、年末の煤はらいはそう嫌いにならないのだった。
けれども煤はらいの実際の掃除作業は、実はする年もあり、怠《おこた》ってしまう年もありで、その時の健康や仕事の手順次第ということにして、無理やあくせくは決してしない。そんなふうになおざりにしがちなのに、煤はきと聞くとなにか快く思うのは、なぜだろうかと思う。一年の掃除のしめくくりをつけて、特にきれいにする、というのが快いのかもしれない。だが掃除の作業は、払ったり掃いたり拭いたり、そうらくな仕事ではない。掃除したあとこそ気持よいし、きれいにもなるが、作業中は苦労だし、こちらのからだは埃でよごれる。それなのになぜ煤はきを、嫌な感じにとらないのか。だんだん思ってみると、煤はきには、妙な活気と明るさがあると気付く。これは何だろうと思う。

これは実に「常々《つねづね》汚なく無精《ぶしよう》にしていたところも、煤はきには大っぴらにさらしても平気なのだ」といった許しがあり、更に輪をかけて「こんなにも汚なくしていた、我ながら呆れるわ」と汚さの誇示にまでおよんでも、互にあははと笑って済む、といった了解があるからだと思う。ふだんは汚ないということは、恥であり責めであるのだが、煤はきにだけは叱ったり恥じたりしなくて、笑ってすむ習慣である。なぜそんな雰囲気がうまれたか。日が短かくてせわしないし、年が詰《つま》っていてせわしないし、うるさいことを言っている暇はないのである。しかも、人は清潔が好きであると同時に、汚なくしておくのもまた楽しがる性質を、みんな持っている。清潔には謹しみと静けさがあり、汚なさには寛《くつろ》ぎと笑いがある。一年中かくそう、誤魔化そうとしてきた、手の行届きかねた汚なさを、恥も責めもなしにぱあっと大っぴらに、掃除する。これが活気のもとだと思う。

いいことだと思う。掃除というのは、そうこなくてはいけない、と思う。部屋をきれいにし庭をきれいにし、そして心も晴れているのでなくては、どこを掃除した？　ということになる。煤はきというのは昔の人が考えた、女への思いやり深い行事ではないだろうか。年の瀬の苦労、短い日足の忙しさ、自然と心はいらついてくるが、それを汚なさの暴露《ばくろ》、ゆるし、笑い、活気というように導きほぐして、一転させようとした手段ではないだろうか、と思う。――行事行事と十五年の雑文を書いて、行事には心萎えてしまった私だけれど、煤はきがなんだか好きなのは、大っぴらに汚なさをさらせるからかもしれない。そしてまた、それをすがすがしく清められるからかもしれない。

（一九六四年　五十九歳）

みがく付合い

いまから六、七十年以前のこと、というのは私の子供時代から娘ざかりの頃にあたるのだが、そのころのくらしを振返ってみると、今更のことながら、当時はいかに木材の恩恵を厚くうけた生活をしていたか、と思い知る。まず住む建物が、質の上下は別として、軒並のどの家も一様にまるまるの木造であり、建具《たてぐ》家具家財から、台所の擂粉木《すりこぎ》しゃもじの小ものまで、火も灯火こそランプだったが、煮炊《にた》きの火は炭薪《すみまき》に、水も釣瓶《つるべ》と手桶にたすけられていた。くらしの殆ど全般にわたって、木材のおかげをこうむって成立っていたといってよかろう。

よく夫婦、親子、きょうだいの間柄を関わり深いものとして語るけれど、日々のくらしにこれだけ密接に役立ってくれた木材との関わりは、いったいどう言ったらいいのだろう。当時の古い記憶をたぐると、うかんでくるのは冥加《みょうが》[1]という言葉である。木との関わりを、天からうけた恵みというような、いわばお礼心のある思いかたをしていたともいえ、それ故、木をぞんざいに扱い粗末に使えば、やがて冥加に尽きて困難がくるといって若いものをいましめた。だから大人たちは、男女ともめいめいの分で、木と付合う方法を知っていて、子供はそれを手伝わされたり、見《み》様見真似《ようみまね》で教えられ覚えた。もちろん付合う方法といったって、常識程度のほんの軽いことでしかなかったが、小さなことだからこそ実地の教えはしやすかったかもしれない。

たとえば拭《ふき》掃除、小学校三年から学校の教室と廊下の掃除をさせられたとおぼえている。なにしろ子供でだらしがないから、雑巾《ぞうきん》を絞ることもろくにはできず、ぐしょ濡れのままでその辺をやたらに這いまわるのだから、廊下は水浸しの有様《ありさま》になる。とはいえそれでも結構、鉛筆の削り屑や泥はとれる。拭くとも雑巾がけともいえない乱暴な仕事だったが、その中ですでにもう家庭で教えられている子もあり、雑巾は固く絞れとリードする。すると忽《たちま》ち、ぐしょぐしょのほうが滑りがよくて、早く済むと主張する子もあった。本道と早道抜け道である。とにかく、課外の廊下掃除で、水と布で床板を拭《ぬぐ》う作業をしはじめ、以後卒業まで、だんだんと慣れて要領よくなっていった。

卒業して女学生となると、もう子供ではなく、大人として数《かず》まえられ、家事分担の練習がはじまる。拭掃除も学校とは段違いの丁寧さで教えられる。先ず木材はきめこまかな肌をしていること、雑巾は杢目《もくめ》に従って使うこと、横ざまに薙《な》ぐような拭き方は不可。雑巾は自分の手に合う大きさに作る。そうすれば雑巾は、端ばしまで手の神経のままに自由に使いこなせる。手をはみだすような雑巾の、はみだした部分は雑巾とはいえぬいわば余計ものであり、単なるぼろきれであり、これが勝手に塵よごれを引き摺《ず》って、壁や建具に雑巾摺をつくるから駄目。雑巾の濯《すす》ぎ水は、手まめに取替えること。木は肌のこまやかなものだから、扱いがよければ色も艶もうつくしくなるが、手荒にすれば目にみえて荒肌になる――以上が拭掃除の常識、といい渡される。水も雑巾もいわれた通りに守り、私は腕も肩も胴も脚も、全身をせい一杯に屈伸させ、杢目に従って拭きあげ、廊下は柔らかな艶をみせ、機嫌よさそうにすっと伸びていた。まずは一応の付合いができたわけである。

　障子の桟とも付合った。障子は洗うというけれど、井戸端へ持出してざぶざぶ水洗いできるのは、台所で使う油障子《あぶらしょうじ》[2]ぐらいなもので、華奢《きゃしゃ》にできている座敷障子は拭いて清める。霧吹きや刷毛でしめらせて紙を剥がし、雑巾をからめた右人差指で、ひと齣《こま》ずつ拭いていく。でも、特に手垢のしみついている部分は、布ではおちない。使い古してもうくたくたになったわらを水絞りして拭く。桟《さん》をいためることなく、垢はすぐおちる。木との付合いにほうけわらは、水や布と並んで欠かせない必要品だった。

　桐との付合いもきたない箱の掃除で習った。一見してガタのきている古もので、年季入りの埃かぶりだった。よほど長くどこかの隅にほうっておかれたものらしく、どことなく陰気くさかった。まず身と蓋をはなして、陰干しにし、風を通したあと、みご[3]箒で杢目なりにそっと払う。気長に何日もかけて、軽く払い払いした。かなりましな肌になる。古木綿《もめん》をかたく絞って、あっさりと撫でる。かわいたままの例のくたくたわらで拭う。わらをあてると、おやと思うほど木の肌に生気がついた。これでもまだ荒れの納まりきらない部分には、むくの葉をかけて摺った。仕上げは裁縫用の象牙のへらで、うすく杢目をたてた。水を使ったのは雑巾を絞った時の一度だけ、石鹸もみがき粉も灰も一切使わなかった。桐はもの柔らかな材、この箱はもう年寄、老いの身に水ぶっかけられたり、力ずくなことをされれば、死ぬよりほかなかろう、という。だから私は下駄の歯入れやさんにお祝儀《しゅうぎ》をするようになった。父の足駄は繁柾《しげまさ》[4]なので、いい柾だから磨いときました、とおじさんはいう。桐との付合いは万事やわらか仕上げである。

　家具には堅い材のものもある。けやきの書きもの机、紫檀《したん》の食卓、煙草盆、桑の用箪笥など。これらとの付合いは、ただひたすら古手拭《てぬぐい》を用いていたが、将棋盤などに艶布巾《つやぶきん》を使うこともあった。艶布巾はもとパイプのブライヤ[5]みがき用とかきいたこともあるが、不確かである。生活用品にも、農具大工道具の柄によく堅木が使われていたが、私に最も面白く思われたものは鰹節鉋《かんな》だった。受箱は桐だが、鉋は大工道具のあがりで、かしの台。このかしの木の、いつも鰹節にこすられる部分が、なんとも潤沢微妙な色合照り具合でうつくしい。切れ味がいいと鰹節のほうも、桜色で光る。これを磨くといえるかどうか。またどちらが磨き、磨かれたのか。世の中には魚油や獣油でものを磨くことはあるだろうが、鉋の台木と鰹節の付合いを見たことはうれしい。

台所には木製のものが多くて、毎度よく磨く。おはち、鍋釜のふた、米とぎ桶、手桶水桶洗桶、俎板《まないた》、しゃもじ、擂粉木、その他いろいろ。それに付合う道具があった。かるかや束子《たわし》[6]、棕梠《しゅろ》束子、藁《わら》束子、ささら[7]、これらはどこの家の流しもとにも備えられており、使い分けたのである。硬軟ともに植物製だが、私が多く使ったのは藁で、わら束子は自分でこしらえた。

紙やすり、さめ皮、とくさ、むくの葉、いぼたのろう[8]、松やに、椿の実、ぼろ木綿、性抜けの麻布、萎《な》え絹などを道具にして、女たちは家庭内の木との付合いを、なんとかこなしていった。もちろん自分の手は一番の道具だったし、地から湧く水、空を吹通る風、天から来る熱などなども利用させてもらいはしたが、よくまあこんな貧弱な手立《てだて》でしのげたものだと思う。いうならば当時の木との付合いは、調法《ちょうほう》していますのお礼心を下敷にした、介抱とか介護とかいうところだったかと考える。以上はあくまで当時の家庭一般に行なわれていた、木との付合い常識である。ここでもう少し付足しておきたく思う。

船頭さんの話である。私は隅田川沿いの育ちなので、舟は見なれていたし、渡し舟はよく利用した。春さんという人柄のいい老船頭さんがいて、この人の舟に乗るのが好きだった。いろんな話をしてくれるからだ。春さんはきれい好きで、客待ちのひまによく舟の掃除をした。竿《さお》の先へ房のように藁束を括《くく》りつけた箒を川水にひたして、舟べりや板をこする。舟は風と陽をうけて行くから、多少の水気が残ってもすぐ乾いてしまう。川はあまりきれいとはいえぬ水だが、藁のせいか、船材がいいのか、舟はほんのりと白く清潔にしてあった。そのことをきくと、それは水の性分だという。水は流れたがる性分であり、自身が流れたがるだけでなく、当るものはみな一緒に流したがる性分もある。だから水でなでておけば、舟の垢も流してくれるのだそうな。それに水にはものを活かす力と、壊す力がある。そんな生殺二つのどでかい力をもつ水の上を舟はゆききし、自分はその舟を漕《こ》いでくらす。小ざっぱりともしておきたいさ、と。

もう一つは棟梁《とうりょう》さんの話。十年ほど前のこと、もう私も老後と呼ばれる年齢になっていた。ある棟梁さんから古建築の、部分修理のときなどに出る廃材の話をきかせてもらった。貴重な材ゆえ慎重に検分し、余命のあるものは介抱し、保存する。その介抱の手だて一つ一つは、私のきき違え思いちがえもあろうかと控えるが、介抱の態度というべきものは丁寧に行届いた心くばりだろうかと察した。然《しか》し、そういう保存材を再度の役にたてるときは、倉から出してそのまま木取《きど》るのか。いえ、そのときはひと鉋あてて、まっさらな肌にします。いわば介抱の仕上げは刃をもって、新旧のけじめをつけることだった。そうか、刃物が必要なのだ、とこたえて聞いた。棟梁はいう、大工は木を切り削り、刃物を研ぎに研いで仕事をする、いってみれば木も刃物も砥石もどれをもみな、減らし痩せさせながら、自分もまた老いて一生を終ります。だから、せめてその日その日、木にも刃物にも石にも、後悔の少ない付合いをしていきたいと思います、と。

くろうとさん方の木との付合いをきくと、びしりと来るものがある。びしりと痛かったからだろう、この二つの話、私には宝になっている。

（一九八四年　七十九歳）

註

1 ［冥加］冥利と同じ。知らず知らずのうちに受ける神仏からの恩恵。

2 ［油障子］油を引いた紙の障子。

3 ［みご］稲の穂の芯。

4 ［繁柾］たてに平行に走る木目（柾目）が多くて、堅く丈夫な木材。

5 ［ブライヤ］パイプに適した木材。

6 ［かるかや束子］かるかやは、イネ科の植物。そのひげ根を束ねたたわし。

7 ［ささら］竹を細かく裂いて束ねたもの。

8 ［いぼたのろう］イボタロウムシの幼虫が分泌したろうのようなもの。加工して、いぼ取りや丸薬の外装などに使う。

洗濯哀楽

生みの母、育ての母、姑の母と私は三人の母をもった。三人ともとうに世にいないのだが、この三人が三人とも洗濯ぶりがちがい、それぞれに特徴があり、そしてそれらがみな私の洗濯のしかたに、影をおとしているのである。母と娘、姑と嫁とは、洗濯という場で、案外な結びつきをもつもののようだが、思えばなつかしいことである。

生みの母は、私のおさないうちになくなってしまった。だから私はこの母の洗濯ぶりを本当には知らない。人の話によると、当時の洗剤は、固形洗濯石鹼と灰汁《あく》の二種類で、布地や染めに応じて、使いわけをしていたらしく、もちろん母もそうだったという。母の洗濯は手早で、最後のすすぎのあとの絞りが、際立《きわだ》って強く、そのために干したものから雫がたれること少なかった、という。もっともそれ故に、布のために悪い、といってかげ口をきかれていたともいう。私はこういう母の姿はひとつも覚えていない。記憶に残っているのは、干しあげたものを引伸しござの上で畳《たた》みつけていたことである。畳んでは重ね、たたんでは重ね、山のような洗濯ものがじきにちんまりと片付いていく、それを見ていたおぼえだけである。

絞りをつよくする、干しを丁寧にする、畳みつけを形よくする——教えられたわけではないが、これが生みの母が私に残してくれた、洗濯習慣である。

育ての母は、これはえらく洗濯下手だった。家事一般は不得手な人なのである。それにリュウマチがあったから、よけい洗濯技術は下手だったのだとおもう。だがこの母は、頭を働かす洗濯を示してくれた。まず盥《たらい》に水を張って、ごくうすいソーダ溶液をつくり、洗濯ものを浸しておく。それから自分の身仕度である。きものを濡らすのは嫌だというので、紺絣の上っ張りを着、水をはじくようにラシャの広幅特製大前掛をかけ、さらにその上へタオルなどをさげ、ものものしいでたつ。ついでビールの木箱や空いた樽などで、盥を据《す》える台と、腰掛を用意させる。これはしゃがんで洗うのも、立って洗うのも疲れるからダメ、洗濯は腰かけてするのが一番らくだ、という考えからでていた。しかし井戸端は、地面がとかくでこぼこしているから、台や腰掛の安定をとるには、いろいろと支いものや詰木を工夫せねばならず、厄介だった。
さてこれだけの仕度ができると、ソーダの液を流し、ざっと一度すすぎ、盥を台に据え、微温湯《ぬるまゆ》を張り、それからやっと洗濯になる、という順序である。段取りにえらく手間がかかるが、一々もっともな考えである。下手な洗濯技術と、リュウマチという持病のマイナスとを補うために、手よりも頭をはたらかせた洗濯である。こんなに仕度しても、母はきものの裾をぬらしてしまうのだが、当時もう一人前の働き手になって、洗濯などもさっさとやってのけていた私は、こうだらしなく濡れてしまう母の洗濯を、ヤレヤレとはがゆくも思ったし、また可愛想にも思った。しかし、いつか私もその当時の母と同じ年になった。そして思えば、手は下手でも頭で努力して洗濯していた母の姿は、この上なく貴くおもわれ、しかもそれが継母ゆえによけい懐しく、哀感が深い。

姑の母は、私が嫁入った時はすでにもう、背の丸くなっている老人だったし、専属のお手伝さんがいたし、母自身がする洗濯は、ほんの身のまわりの、洗面所ですむ程度の小物だけのことだった。この老母は、水を使うことが上手で、植木鉢に水をやっても、手拭をしぼっても、ついぞあたりに水滴をたらしたことがない。ある時、例の洗面所でハンケチや半えりを洗いながら、なにかぶつぶついっていた。きくと、なむまいだを唱えていたのだそうな。洗って汚れが消えるこころよさに、いつも洗濯のときには、つい思わず阿弥陀さまのお名をよんでお礼申してしまうのだが、洗濯というのは、本当に心の満足する仕事だという。私が今もって洗濯のあと、なんとなく、ありがとうございますというような気持をもつのは、この姑の母のおかげである。

いま、洗濯機といい洗剤がある。三人の母たちの知らなかったものである。それを思うとかなしい。ことに育ての母を思うと、感情をうってくるものがある。

（一九七一年　六十七歳）

針供養

ある年、大塚末子さんのきもの学院から、生徒さんたちへ、なにか話をするようにというので、気軽なおしゃべりをしに行ったことがある。

うっかり出掛けたものだが、席へついてみたら、わきのテーブルにきれいに飾りつけて、針のご供養《くよう》の仕度がととのえられていた。それがいかにも、服飾裁縫の専門学校の生徒さんたちのしたことらしく、かわいくできていた。お豆腐にたくさん刺したあがり針[1]も、心こまかく気をつかったとみえて、頭に赤や青のガラス玉をつけた待ち針が、色どりよく適当に配置してあって、針という鋭い尖《とが》りを持つものの嫌な感じを、上手にゆるめてあった。それにこちらがうっかりと、その日を忘れていたそそっかしさに、すこしきまり悪かったせいもあって、大塚さんのところの針供養の飾りは印象にふかい。

供養をうける針は、その一年じゅうに折れたり曲ったりして、使えなくなったものである。普通家庭でつかう針にも、和服針とメリケン針[2]とがあると思うが、どちらにしろ小さいからだである。針ほどの、という形容詞があるくらいで、およそ道具の中ではいちばんささやかなものだけれど、これのあと始末は誰にしても、ちょっといい加減にはできないとおもう。あやまって刺されては面倒なことになる。一年じゅうのあがり針をまとめておいて、そうした供養をするのもうなずける気がする。

折れ針を集めておく、その仕方について私は若い日に、お師匠さんにぴいんと教えられたことがある。お師匠さんについたのは、女学校卒業後のたった三か月だけで、あとは家事がせわしくて習えなくなったのだが、三か月では裁縫の技術はとても習えなかったが、お師匠さんの人柄というか、しつけというか、身にしみることをいくつか教えてもらった。折れ針がその一つである。

道具類は決して人に借りない貸さない、が規則だった。お師匠さんは自分の折れ針は、ほそい筒形のガラスびんにおさめていた。あがり針でも錆びのつくのを嫌って、びんには髪油がさしてあった。その保存法を一人の娘が、こころ浅く真似て考え、マッチのあき箱をつかった。しかも娘心で、マッチのあき箱のきたならしいのを、見よくしようとして、裁ち屑の小切れをちょいと貼って、見せびらかした。

それで、うんと油をしぼられたのである。その娘だけでなく、内弟子も通いの弟子たちも一同に叱られた。マッチ箱などは、粗末にできているものだから、針の細さと鋭さを囲うことはできない。そのヘナヘナしたものへ、赤い布などを貼りつけるとは、どういう気か？　きれいな小物を持ちたい気はわかるが、かりにも針仕事を習う気の人間なら、もっと「仕事の道具」ということをまじめに考えてもらいたい。そうすれば赤い布を貼るよけい事をするより先に、もっとしっかりした入れものを探すほうが大切だとわかる筈《はず》だ、といった。

師匠のあがり針入れのびんは、もと何が入っていたものか、厚ガラスの頑丈なもので、粗相《そそう》に手をついたくらいでは割れないと、試した上で使っているのだ、という。赤い布を貼って叱られたのが、ひとごとでなく私にはこたえた。裁縫は得手ではないし、近年はことに針をもつ折もない。それでも半襟のかけかえ用になど、小さい箱へ針とはさみを持っているが、添えて厚いガラスの小びんを用意し、そこへ髪油二三滴をさしているのである。いい先生の叱言というものは、聞いた耳一代を通じて効果があると感じる。この場合は、たしかに赤い布も効いた。

ハーン[3]のものに、針の話があったとおもう。毎夜、人が静まると刀を合わせる騒々しい音がする。起きていってしらべてみても、そんな異変のあった気配はなく、しんといつも通りの室内である。不思議におもっていたが、あるとき畳をあげて掃除をしようとしたら、畳の敷き合わせ目に、いくつもの針がはさまっていた。落ち散った針を丁寧にさがしもせずにいて、こんなふうに畳の縁にささっていたのだろうと思い、取りのけた。そしたらその晩から、刀や槍を合わせる気味のわるい音は、止んだ。

それであれは、針の想いが凝ったものだったか、とさとった——というような話だったとおもう。

はっきりした記憶でなく、また確かめてもいないので、間違っていたら申訳ないことだが、裁縫の先生のいましめる、マッチ箱の針も、畳にこぼれて、敷き合わせに埋もれた針も、なにかこちらを刺してくる迫りに、似た感じがあると思うものから、不確かではあるけれど加えたく思ったのである。

年中行事は、いまこの忙しい世の中に、残っていくものだろうか、消えるものだろうかと時折おもう。針供養なんかも、もとは日本針だけのことだったろうけれど、現在では洋服を仕立てるミシン針もメリケン針も、その日には淡島さま[4]へもっていって、ご供養をしているのだろうとおもう。折れ針をわざわざためておいて、年に一日の日をきめて、遠い神様まで運んで、冥福を祈り感謝するというのは、どう考えても今ふうではないけれど、そう簡単に消え去らない行事で残っているのである。なんの行事が将来も残り、どれが消えるのだろう、とそんな話をしていたら、ある新聞関係の人が「僕たちは行事をそんなに嫌わないよ。だって記事になるもの！」といった。テレビやラジオのひとも「行事があるとニュースは賑やかになるわね」とほほえむ。なるほど、めいめいの立場から思うものだなあ、とおかしくおもう。

節句、祭り、祝い、記念日、祓《はら》い、おくり、除《よ》け、払いなどと、行事にはいろいろな言葉がつくが、針には供養という呼びかたがつき、役を了《お》えたあとの鎮《しず》めをする、やさしい気持がうかがえるのは、やはり残っていい行事だろう。

（一九六三年　五十八歳）

註

1 ［あがり針］用済みの針。

2 ［メリケン針］洋裁用の針。メリケンはアメリカンのなまったもの。

3 ［ハーン］ラフカディオ・ハーン。文学者。著書に、日本の伝説などを取材した『怪談』などがある。日本名・小泉八雲。

4 ［淡島さま］淡島神社。女性に関するさまざまなことに霊験あらたかとされる。針供養のほかに人形供養なども行われる。東京では浅草寺境内の淡島神社が名高い。

間に合わせ

子供のときから心にかけているのに、今もって少しもよくならないことが二つある。一つは和裁の運針で、まっすぐに縫えたことがなく、針目はそろわないし、その針目がまた布を斜めにすくって、直角に刺さないのである。そのために縫目はきちっと締まらず、いつも笑っている始末だ。きっと針をもつ姿勢にも、どこかひずみがあるのだろうし、手首や指も不器用なのだろう。不器用でも下手でも、和服を常用するものにとっては、なにかと必要なぐし縫いの運針である。

もう一つは、庖丁を研《と》ぐこと。砥石《といし》には小学生のころからなじみで、切り出し小刀をといだのだが、どういうものか、研いでいるあいだじゅう神経がぴりぴりして、ついぞ切れるまで研げたためしがない。菜切庖丁を研ぐようになってからも、どうこらえてみても、手も気持も砥からうき上がってしまう。刃物が砥へぴたりと付かなくては、研げないと知りつつ、手が不安定になってしまう。

運針も研ぎも、心にかけながら六十年とは、これはちとひどすぎる。先年、一年ほど大工さんのそばで暮し、その研ぎを見ていた。はじめのうちは姿勢やら手の運動やらを見て、なるほどなあと思っていたが、あるときはっきり心に落ちるものがあった。大工さんたちは心ゆくばかり研ぎあげていて、決して間に合わせということをしていない。運針も研ぎも、私はずっと間に合わせでしていた。間に合わせとは、なんと愚劣なことかとしみじみ思う。いま私ののぞみは一尺まっすぐに縫うこと、薬味の葱がすっすっと切れるように庖丁がとぎたいことである。

（一九七七年　七十二歳）

買いもの

私はもう五十八歳になるのだから、ものを買うこともずいぶん度々してきている筈《はず》なのだけれど、さてどんな買物をしたかというと、ひとに話せるほどすっきりした買物、というのはなかったようなのである。ぼんやりと買ってはつかい、買っては使いしてきたとおもう。それでも若干の記憶はある。

買いものをした最初は何歳だったかはっきりしてはいないが、小学校の低学年の遠足のときのことが残っている。飯能《はんのう》という所へ行ったのだった。丘やら川やらがあって遊んだ。ふと見たらお百姓が、川で蕪《かぶ》を洗っていた。水に濡れた蕪は、白く丸くふとっていて、葉がまっ青だった。うまそうだと思ったら嬉しくて、買った。おどろいたことに、私がそれを持っているのを見たら、友達がとたんに羨《うらや》ましがって、みんな真似して買いに行った。買ったのはよかったが、どの子も帰りの道じゅう、蕪が重くて閉口した。でも私はその甲斐があった。うちではそのおみやげを、喜んでくれたからである。

けれども友達のなかには、おこられた子もいることが、あとでわかってきた。珍しくもないものを、高いお金で買ってきたと叱られたのだが、きいてみると私の値段の倍をとられていた。しかも私たちの住んでいる土地は、半分くらいが工場やしもたや[1]で、あと半分は田や畑なのだから、野菜にはそう不自由をしない土地柄なのである。自分の畑のを売りに出すくらいな農家の子が、逆によそから高い値のものを買って帰ったとなれば、文句をいわれるのも大人の世界では当然かもしれないが、こちらの子供側からいうと、そういう親の叱言《こごと》はいやな感じだったろう。幾人もの子が不平をいっているのをきいていて、私はなんとなく相済《あいす》まないような、身を縮めているような思いもあった。別に友達にすすめたわけではないのだけれど、言いだしっぺのうしろめたさがあって、なまじ自分が好評を得ていただけに、心に残ったとおもう。

先頃、青森県八戸へ行ったとき、蕪島という有名な、うみねこの繁殖地を見物した。海岸から渡って行ける小さい島だが、その名の通りに野生の蕪がしげっており、花の盛りだった。菜の花そっくりの黄色い花で、野生だからたくましい。うみねこはかもめ科の白い鳥だが、これが推定八万羽とか。折から抱卵期で、どの黄色の花かげにも、かならず白い鳥がつぐなんで卵をあたためていた。八万羽と全島の蕪の花だから、一種の壮観ともいえたし、またなにかしらず、哀感もただよっており、おもわず幼い日の蕪を思ったことだった。私にはあれが、買物らしい買物として残っている。つまり手応《てごた》えがある買物だった、といえる。

親が、「やっと買えた」という喜びをもった買物は、子の記憶にもほっとするような楽しさで残る。私の親は生涯お金に縁のうすい人だったが、子供の育つころにはきっと、ことに苦しい経済だったろうとおもう。学者だから書物の必要があるのだが、それも大部のものとなると心掛けていてもなかなか買えない。お経の本などもそれである。買いきれない歎《なげ》きがある。それが或時《あるとき》、おもわない収入があったのか、買うことになった。なんだかしらずやっと買えたという、やっとの思いが私たち子供にも伝わった。子供の敏感さ、親子というか一家というかの以心伝心《いしんでんしん》みたいなものだと思う。その沢山の本が馬力車ではこばれてきた時、私も弟も気が勇んで、門前の車のまわりをうろうろした。本は紺色の帙《ちつ》[2]に入ったもので、子供にとっておもしろくもおかしくもないものだが、それでも私たちは満足感充実感があった。はっきりいえば、お大尽《だいじん》になった気がしたのである。理屈からいえばほんとは父親だけの専用物を買ったのだから、子供とは無関係なわけである。でも、いま思ってもなおあの買物は、いい気持である。逆に考えると、親は子の前でうっかり買物をすると、とんだことになりかねぬ、ということになる。親がやっとの思いで買った喜びが、子の一生の記憶に快く残るものだとすれば、同じく親のだらしない失敗の買物もあるいはやはり子にいやな想い出として長く残るかもしれないのである。

けれどもまた、親のした失敗の買物のゆえに、子が利口になってくれることもある。私は娘をうんでその初節句に、多少、分を越えた雛人形やまん幕を整え、姑や実家の両親を招いて、まず一通りは行届かせたひな祭をしてのけたが、あとで姑にも父親にも——ああいうやりかたは、かえって子の持っている福分を、いたずらに費すものだ——といって痛い注意をうけた。

娘はそんなことは勿論《もちろん》知るよしもなくて、雛まつり毎に数多い人形を喜んで育った。が、私のほうは年々に、そうした行事や催し事の手間がわずらわしく感じられてきて、沢山の人形の出し入れを面倒にした。そして、かつての姑や父親の注意を今更に思い起し、つい娘にもそんな愚痴をきかせた。娘はだまってきいていた。そしてとうとう、雛人形などは第一に厄介物《やっかいもの》視する戦争がきた。疎開の荷物には制限があり、実用品が価値を発揮した。しかし、人形は娘の所有物であり、娘心が茶碗やもんぺより人形をいとおしむかもしれなかった。でも、娘はもう人形を惜しまなかった。焼夷弾はそれを灰にした。以来私のうちには雛がなくて、お節句には桃の花とはまぐりだけに昔の人形群をしのぶのであるが、娘もやがてこの秋には子をうむ。「女の子だったらお雛様のないのも日本の子らしくなくていやだと思うの。だから買って、楽しいお節句はしてやりたいと思うけど、小さいのにしておくつもり——母さまの昔の思いもこめてね」などと先走ったこともいって、私に笑いかけるのである。雛まつりをするしないなどは、いまの時代の変化にしたがって、もはやどうでもいいものではあるが、母にくやみの残った買物も、娘が上手に按配してくれようとするなら、その母にいいにくい注意を敢《あ》えてしてくれた祖父母や姑にも、いい結縁《けちえん》だったわけになる。もし娘に女の子が恵まれるならば、三代かけてすがすがしい雛の買物になるかとおもう。

この娘に、私はうらみをいわれていることがある。バケツである。終戦のあと、私は修繕のしようがなくなった古バケツを、なげきつつ、いたわりつつ、腹をたてつつ使っていた。ヤミでならあのうちにバケツがある、と知ってはいても手の出ない値段である。しかも古バケツ同様にたよりないのが、米びつの内容だとすれば、どうしてもバケツより米が優先する。不用になった鉄帽でも雑巾はすすげる、と思って私はやみバケツの値段をにらんでいた。

私がそんな思いをしているにも拘《かかわ》らず、娘はある日学校の帰りに、そのヤミバケツを輝やかしくも買って帰ってきた。私はがくんとして思わず「あなたそれ買っちゃったの」と吐息をした。相手にはそれが、咎《とが》める口調にきこえたことだろうし、咎められるとは意外だったのだろう。「だって母様は、あれほどバケツのことといってたじゃないの！　あたし、あっ、見付けた！　と思ってほんとに嬉しかったんだわ——せっかく買ってきたのに、喜んでくれないんだから——お金だって、ちっとも高くはないのに——愚痴をこぼさないだけだって安いと思うんだがなあ。」彼女はいまでも「あのバケツを見つけたときは、はっとするくらい嬉しかったのに、オコラレるとは思いもよらなかった」と私をうかがう。私は「一言もない次第」とは一応いうものの、「あなたはまだ世帯のほんとの苦しさを知らないから」などと教訓がましいごまかしをいう。けれども今後、いのちのあるうちに私はあと幾つのバケツを買うかなあ、とこのごろは思う。死ぬまでには一度、うまいバケツの買い方をしなくては相済むまい、というところである。

このごろは東京では、炭、薪《まき》、石炭の買いおきをする人はいないとおもうが、敗戦後一時は焚《た》きものの買溜《かいだ》めが盛んだった。これは実はずっと以前からあったことで、生活にゆとりのある人達が、焚きものが底値の夏という季節に、一冬中に使う分をストックするのが常識だったものである。底値の時に多く買って安くするという、経済からである。しかしそれはゆとりのある家しかできないことで、貧しいものはそれを羨ましく横眼の隅に見ていた。そのうち徐々にガスが入ってき、電気も広くつかわれだすし、都会は土地がせまくなり、ものおき場はなくなって、炭、石炭のストックは時代おくれにおもわれだした時、戦争だった。戦争は世の中を逆戻りさせ、人にストックの効用を思い返させたが、その時はもうストックするだけの物資は国内になかった。

ずっと以前の古いストック癖は、いわば貧しさから生じた、羨ましいストック欲であり、その基盤の上にプラスしたのが、戦中戦後の渇《かつ》えにこりごりしたストック欲だったとおもう。いずれにしろ、豊かとはいいがたい、ものの買い方だったといえる。私はこういう買い方は、考えなくてはならないと思う。ことに親である人間は、考えなくてはいけなかろうと思う。なぜなら、先にも書いたように親の買物は親のことだけに終らないかもしれないからである。子がいつ見ていないとは限らないし、もしかすれば子はそのことを一生おぼえているかもしれない。忘れないだけではなくて、あるいはいつの間にか、親に似たこともしないとは保証できない。もっとも、親の失敗ゆえに子はその失敗をくり返さないかもしれないが——。

買いものなんて、なんでもないことだ。だが、心に残るほどのいい買物をしようとなると、さあ、一生に何度できるだろう。

（一九六一年　五十七歳）

註

1 ［しもたや］商店ではない、普通の家。

2 ［帙］書物を保護するおおい。厚紙に布などを貼って作る。

第三章

礼儀のしつけ

にがて

挨拶は苦手である。ちゃんとうまく言えたなどという記憶は一つもない。そのかわりといってはへんだが、まずい挨拶をしてしまって、そのあと自分で自分が嫌になるような思いをした記憶なら、いくつも、しかと身にこたえた覚えがある。

と、いうようなわけだけれども、これでも幼いころ、親たちはわたくしたちをほったらかしにしていたのではなくて、ひと通りは挨拶も家庭教育として、教えてくれたのである。

朝晩の、おはようございます、おやすみなさい、食事のいただきます、ごちそうさま。出はいりのいってまいります、ただいま。

これは今も昔もおなじことと思うが、昔は今より多少きびしく習慣付けられていたとおもう。この挨拶が一家の会話の基礎になるのだ、といった考えによるものであり、また、もののけじめをきちんとさせることだ、ともきかされた。だからこの挨拶をなおざりにすると、うちの中の話がだんだんに通じなくなるおそれがあり、同時にうちの中の秩序が失せ、乱れが生じる傾向になるといって、きびしく叱られた。もちろん、子どもにそんなことはよくわからないのだが、わからぬなりにいうことはきいたのである。

ついでよその人への挨拶、こんにちは、こんばんは、ごきげんよう、さようならなど。

ここでことばだけではいけない、からだも挨拶のうちだといって、お辞儀を習わせられる。するとその次は、親類へおつかいにやらされた。口上《こうじょう》、というのを口うつしに習っておぼえて行き、先へつくと声はりあげてそれをいうのである。

たとえば「これは昨日、京都から到来いたしました松茸でございます、まことに香りばかり、ほんの少々でございますが、お勝手《かつて》もとの御料《ごりょう》におつかいくださいませば、うれしゅうございます」といったような挨拶である。

毎日つかうことばとはちがって、へんにギシャ張ったいい方だから、おぼえにくいし、言うのにもテレくさくて気がさすし、子どもにとっては大迷惑なのだが、親のほうはむずかしい顔をして、親の慈悲で教えてやるのだから、文句いうひまに早くおぼえてしまえ、というのだから仕方がない。

祖母の前へ、持ってきた包みをさし出し、手をついて、バカ声だして明瞭に口上をのべ、平たくなってお辞儀をしたのは、何度だろう。おばあさんはわたくしが区切り区切りいう、その区切りのところで一々、はいはいとか、ふむ、うむとかこたえて、ずっとおしまいまで聞き通しておいて、ほめたり、直したり、かならずあとで批評してくれた。

でも、これだけではお使いの役はすまない。行った分だけの片道だからだ。今度はおばあさんからの挨拶を、うちへ告げなければならない。ところがおばあさんの返事が難物で、お口上調のところと、ありがとよ、よろしくいっておくれ式のところと、まぜまぜになる。止むを得ない、使いはいわれた通りに暗誦するのだ、と教えられているから「ありがとよ、とおっしゃいました」という。子どもも心にも気をつかったものである。

そのうち口上も棒暗記の一本調子がとれてやわらかくいえるようになると、よそのお宅へ使いにだされる。借りた本を返しに、用事の申送《もうしおく》りに、盆暮れの贈答に、等々。そのあいだに、近火《きんか》見舞にはお騒々しいことでといい、悼《いた》みの挨拶は、短かいことばをいそがずにいい、喜びごとの挨拶は大きめの声ではっきりいい、老人の機嫌うかがいに行ったら、帰りぎわに何度も、どうぞお大事に、くれぐれもお大切にとしつこくいわぬこと、そんな挨拶はかえって老人を不安にする、ことなどをときにしたがって教えてくれる。つまりかたというか、見本というか、要するに常識を教えられたのである。

こういう家庭教育はわたくしの家だけではなく、教え方に硬軟の差こそあれ、商家職人みなおなじだったようである。当時の親たちは辛抱強く、面倒見がよかったものである。

ひと通りこんなふうに手引は教えてもらったのだが、挨拶のことばなどというものは、所詮は教えて教え切れるものでもなし、覚えてその通りに使えるものとも限らないのである。時代で役に立たなくなるのだ。

近火見舞の、お騒々しいことで、がそれである。いまはドンピシャに、焼けなくて助かりましたね、というだろう。それにいまは交通人身事故、幼児誘拐、汚職、蒸発、ライフルぶっ放す人、赤ちゃんにむごいことする人、お巡りさんに化けて大金ぬすむ人、等々、とても昔の挨拶では間にあわない。もっとも今の、頭のいい人たちもこんな挨拶には困るものだから、どうもどうもと甘ったれたことをいい、なんとなく挨拶ぬきに、ぬうっと立っていたりするのだろうか。次々と凄《すご》いことがおきるので、もはや挨拶が追付けない、といったようにみえるのである。

とんだことで、という挨拶がある。急な、思いがけない災厄にあった人を見舞うとき、むかしからよくいうことばである。

しかしこのことばゆえの失敗談をきいたことがある。暴走トラックに二十メートルもはね飛ばされて、大怪我《けが》をした人の見舞にかけつけて、とんだことで、といってしまって、はっと気付いて、狼狽したという話だ。口なれた挨拶は、かえってこわい。そのことばを使ったことのない十五六のお嬢さんなら、きっとそうはいわなくて「いのちどうなの？　アタマ無事？　内臓大丈夫？　ああ、よかった」くらいなパキパキしたことというだろう。

挨拶としてはもちろんだめなことばだけれど、それでいい、とおもう。とんだこと、は聞きよう取りようによっては、なにか不謹慎で、場合をわきまえぬといわれるだろう。飛ばされて、飛んだ、ことに違いないのだからそこがどうもまずい。

羽田の飛行機事故。わたくしには忘れられない。あのときある放送局の仕事で、一週一回三か月間、朝の出勤前という時間に、五分間という短かい話を、ラジオで受けもっていた。自宅へマイクを据えておく、自宅放送である。

その朝、わたくしの担当だった。どの放送局、どの番組もあたまはみなこの大惨事の、おくやみの挨拶ではじまっていた。当然である。悼まぬ人はないのだ。わたくしもひとこと哀悼のこころをいいたかった。だが、悼みのことばはほとんど言いつくされ、くり返しつくされ、すでに手ずれた感じさえあり、しかもなお繰り返されていた。

なんといったら自分のこの、羽田の沖の海の水の冷えさえ感じておびえ、もどかしく、哀しく、しかしただ慎しんでいるよりほかないこの気持が捧げられるか。頭の中の血ばかりが駈けめぐって、胸がぽかっとしているような——そのままで時間が来た。コールサインのランプがついた。貧血のような感じの中で、そのランプが花にみえ、過去の折々に美しいと感嘆して見たおぼえのある花、花、花が次々に意識へきた。ノドの塞《ふさ》がりがとれて「心の中に思いうかべているこの花の束を、せめてものおそなえにして、御冥福をおいのりいたします」とそこだけは正気で、マイクに頭を下げていった。あとは覚えもないのである。

それなのにあとで「言ってることは雲の中みたいなしまらなさだったが、妙な哀悼感があって、サスガ年功だ」といわれた。わたくしにいわせてもらうならあれは、サスガとか年功とかいうもんじゃない、哀悼感でもないのだ。しぼるような思いからやっと一滴したたった〝哀悼〟だった。

挨拶とは、ことばでありマナーである。だが、その源《みなもと》は心ばえである。心がからっぽじゃ、ことばも、ことばに添えるマナーもない。

だから、挨拶が入り用なときは、その事柄へ心こまやかにするのが先決で、自然にことばは心にひっぱられて出てくる、とわたくしは思う。

（一九七〇年　六十五歳）

桀特

私にはちいさい時から、ちょろっかな、ふたしかな所があった。それはものの考えかたには無論のこと、些細な動作にまであらわれていたから、始終のように失敗をくりかえさなくてはならなかった。持っている茶碗を落してこわす、踏段からころげて怪我をする、そんなことをするたびに父は、手でも足でもたしかにやれといって叱った。ふたしかということが大嫌い、というよりむしろ憎んでいる様子で、不確実は不道徳だといっておこる父であるから、娘に芳《かん》ばしくない性格を見つけては嘸《さぞ》我慢がならなかったのだろう。悪い芽は伸びないうちに摘みとってやれという親心ではあるけれど、私はへたなことをしでかしては叱られてばかりいた。

父はまた実際教育というのが好きだった。だから子供は客への茶菓の給仕をさせられ作法をしつけられた。ところが私は父のことばによると野蛮人だそうで、教育をはねっかえすやつだそうである。はねかえすほどきつくはないけれど、そこがちょろっかの不徳で、心のきめが粗《あら》いから、親の恩育なんか水がひっかかったほどにも思わないでやり過してしまう。やかましくいわれている最中だけはするけれど、大体そんな用を仰《おお》せつかるのがいやでたまらない。給仕法は進歩しない。お客から遥か離れた所へすわって、片手に茶托の端をつまんで片手は畳へつき、尺取虫《しゃくとりむし》のように胴なか一杯を伸してちょいとそこへ置く。なにしろ片手しごとだからうまく行く筈はなく、途中で顫《ふる》えてこぼしたりする。父は苦りきっている。ときにはお客の前もかまわず叱りつける。私は笑いでごまかして飛鳥のごとく逃げてしまう。

正月だった。屠蘇《とそ》の道具や重詰が広蓋に載せてある。正月だから給仕も第一公式である。広蓋はなかなか重かったが、自分ではうまくやってのけたと思った。が、客の帰ったあとでしんみりやられてしまった。——槃特《はんどく》[1]は何千回くりかえしても覚えられない、汚血がたまっているからだ、おまえも同じだ、と恐ろしく悲痛にいうから、私もおぼろげながら鈍根《どんこん》に気がついて悲しくなり、わあわあ泣いて、どうかいい子になりたいと願った。そしていつも聞きなれた「手でも足でもしっかりやれ」が重ねて聞かされ、重いものを持つときの心得をぎゅうと教えられた。給仕はつまらない役でしかないが、いかなることも手が足が腰が根性がたしかでなければゼロだというわけで、義経が熱湯の入った金盥《かなだらい》の給仕をいいつけられて心底を試みられた話をしてくれた。父自身も興じて話すのだから聴いている私はすっかり釣られて感激し、義経の家来になりたいと思った。これで悟れば大したものだが、ちょろっかはなかなかそうでない。女学校の時ふと酒の酌《しゃく》をしてみろといわれ、銚子を持つとたちまち、ああでいけない、こうでいけない、見苦しい、きたないの文句百出である。しまいに私もふてくさって、文子の手は生れつき細くない手なんです、と右手をひろげて突きだしたら、――ああなるほど藷《いも》みたような手だ、こりゃ気の毒におれの手の形に似ている、といわれた。いくらなんでも藷の手だの一言は、娘盛りの胸にしみて苦心惨憺、手つきに気をつけた挙句、鉄瓶を持つのにひょいと斜に蔓《つる》へ手をかけた。だから私はもう一度義経の熱湯の話を聴かされ、くそづかみでもいいからしっかり摑《つか》めといわれた。十年を隔てて同じ話をきけば、さすがの私もうなだれきった。

晩年父はもうすっかりいいおじいさんになっていたけれど、

卯の花やくらき柳の及びごし　　芭蕉

どうだい、たしかなもんじゃないか、と微笑して、しかし私の方をきらっと見た。

（一九五〇年　四十六歳）

註

1 ［桀特］おろかもの。

父に学んだ旅の真価

なんといっても二十一、二のとき父に連れられてした伊豆の旅くらい、旅が身にしみたものはない。そのとき私は病気だったので、心が弱く、神経がぴりぴりしていたせいだろうか、旅の一つ一つが胸にしみて、一度に沢山ものを教えてもらった、という感動があった。そしてまたそれが、いまだに役に立っている。

たとえば東京へ向かう自動車の中でさりげなく「旅は自分の心ざまによるものだ」といわれた。旅の費用いっさいは勿論《もちろん》、それをどう使うか、コースや宿、滞在日数、乗物その他すべてはおれが受持ってやるけれど、おまえの心までは世話やききれるものではない。上機嫌な旅にするも、淋しい旅にするも、おまえはおまえの心ざま次第、というのだった。病後遊山《ゆさん》の旅だというのに、心ざまのあり方を問われる旅にされてしまったのだ。

約一か月、順々に歩いた長旅だったが、旅はだらだらせずに、アクセントをつけるのがよかろうと主張した。だから今日いい宿にしたものが、つぎはひどく落《おち》ぶれた宿にする。そのまたつぎの日には、おれがいま忍術を使ってみせるから、といっているうちに番頭さんが現れて、いいお部屋が只今あきました、と忽《たちま》ち部屋かえをした。祝儀をはずんだのである。私が腹をたてて、金で面《つら》を張るなんて嫌なことをするくらいなら、もとの部屋でたくさんだというと、なんだ、まのあたり忍術を見せてもらって、おこるやつがあるか、という。

晴天風雨、ゆき霜のみなおもしろを教えてもらったのもこの時である。なにしろ風景は眼前《がんぜん》にあるのだから、それを言葉で掘りおこされては、いやでも納得がいく。いま私が用事の旅の途上で吹き降りにあっても、横なぐりの風に吹かれても、かえってその風景をおもしろがってあまり愚痴をいわないのはおかげである。損得でいうもおかしいが、これはたしかにおとくである。旅があかるくなることとたしかである。

ともかくそうして歩いて、さて帰りの汽車が東京に近くなったとき、ちょうど夕が暮れかけた。フランス料理で夕食をするから、新橋でおりようという。夕食時に不意にかえって、留守家族を慌てさせるのは、ことに遊山旅の場合はよき帰宅ではない、という。それが自他ともに旅の終りの心得、というものだといかにも昔びとらしいことをいう。自分で自分の長旅が、つつがなく終ったことをよろこび、ちょいとおごって祝杯をあげるのも、旅の仕上げのうちさ、というわけである。首尾ととのった旅行実地講習である。

いまは旅の仕上げといえば、カラー写真や八ミリ映画の現像が、区切りになる時代らしく推察する。ちょいとおごって乾杯などといえば、弥次喜多の昔とまちがわれそうだが、留守の家人に急な食事仕度をさせない配慮などは、案外なんとか上位の現代に、立派に通用する亭主心得かもしれないとおもう。

それにしてもあの旅の圧巻は、みぞれ雪がふって、裸木の枝々に氷がついている天城の中で、わざわざハイヤーからおりて、近く遠く重なる山々をじっとみつめて、暫時《ざんじ》瞑目《めいもく》して首をたれていた父の姿である。何もいわずきかずだったが、あの時私は父のことを〝男親だ〟と思った。その三か月ほどまえ、父には一人きりの息子、私には一人きりの弟が没していたのである。父はみぞれ雪の天城に、早逝《そうせい》の息子の冥福を祈っていたのだ、とおもう。

まことに、旅はわが心のあり方を問うもの、である。

（一九七〇年　六十六歳）

旅がえり

箱根熱海は二時間の電車だし、宿には手拭《てぬぐい》も歯みがきもポマードさえも揃えてあるのだから、何でもなくふらっと出かけて、また何でもなくふらっと帰って来る。旅という気など少しもしない。

それでも、そのふらっと行ってふらっと帰るあるときには、これはやはりただの途ではなくて旅の途なのだなあ、という感傷が出ることもある。むかしは旅ということばには哀感のようなものが漂っていた、そして熱海箱根はたとえ一二泊であってもはっきり旅であった。むかしというけれどそれはごく近いむかしのことなので、その頃すでに熱海へ二時間あるいは二時間半は別に驚く速さというのではなかったにもかかわらず、熱海湯河原は旅であった。うちの閾《しきい》を跨《また》いで出るまでのざわめき、乗りもののなかでは先へ向う心と何があとへ残る気とが入りまじる。そして帰りは宿の女中衆に送られて出ると少し残り惜しくて、大部分の気もちはなんだか元気で家へ向いている。そのために途中はもどかしく、また遊んだあとの巻きあげきれない怠りもある。気もちという持物の目方が軽くなったり重くなったり変動がはげしく、変動の都度《つど》もやもやと哀感がこめてくる、といったものが旅だった。いまは外国かなにかへ行くのでない限り、そんなことをいっている人はない。第一たびだなんていう人はないのである、旅行だ。そして旅行は気軽身軽にできるようになってきて、女たちは旅がえりの人の迎えかたにそんなに気をつかわなくても済むようになったとおもう。「おまえは毎日の家事はまあとにかく間に合せて行くようだが、旅がえりの受けかたはなっていない」といやな顔をされたことなど、それこそ大昔の物語になったのだが、快適二時間の温泉電車でふと旅だなあなどと感じるとき、きまってこのことを想いだして、自分も年をとったと歎《なげ》かれる。旅がえりをよく迎えてもらいたい気はしきりである。

かつて私は苦い顔をしている父親に、「文子は旅なんて遊んだことないんですもの、旅がえりの感なんてわかりはしないわ。わからないことをしろっていっても無理よ」とやりかえした。その後父親と旅をした。旅がえりを迎え出る家人のやりかたなどまるで忘れていて、自分の感傷いっぱいに浸って帰って来、横浜を出て車窓に大森駅を見たらいいようのない懐しさになってしまい、品川新橋と来てもう往きの途より興奮して、うちの玄関へはいったのだが、うちはなんとびしょっと不景気で不愉快なものに見えたか。意気込んで帰って来ても、さてすわる場所のないような手持ち無沙汰な、しょげたものだった。はじめて行った宿屋の部屋はつんとしていたが、来た人のすわり場所はおのずからきまっている感じだったのに、住みなれたわが家にわが座蒲団は敷いてあっても、上機嫌にどさっと膝をつく気には遠い座蒲団だった。しかもそれは行くまえまでは親しいすわり場所であり、帰ったいまも行くまえと寸分ちがわぬ部屋のなか、ものの位置なのに！　旅がえりのものははじかれているような気がさせられたのだった。思わず父の顔を窺《うかが》った。待っていた眼で父親はにやりとした、もう平然としてその自分の座蒲団の自分の位置にすわって煙草《たばこ》をのんでいる父だった。心に改まるものを抱いて私は畳へすわり、旅の礼をいい、母には留守の手間をかけたことを挨拶した。寂しかった。旅がえりの受けかたがなっていないと苦い顔をした父の心中は、わかり過ぎるほどわかった。出て行ったときのままにただ掃除しただ整頓したというのでは、旅がえりを迎えるにははなはだしく不足であった。宿とうちとを較《くら》べ、特別な金をかけず、何に特別な気をつかったら、宿の上を行くもてなしができるか捜《さが》すことが眼目だった。負けない気で捜した。捜せばあるものだった。

座蒲団とお茶だった。宿はいい座蒲団をつかっているのが普通だ。古びていないのをつかっている。でも留守のあいだに洗濯してこしらえ直しておいて、帰って来る今そこへ出して敷いておいたという座蒲団ではない。宿は、客を見れば相当なお茶をいれかえて出す。が、例外なく緑茶である。緑茶は高価でもありうまみも結構だが、それにばかり気をつかって、食後の番茶への関心は至ってかいなでの[1]一と通りだった。部屋の火鉢でさらさらと焙《ほう》じてしゅっと湯をさして、匂いのたったのを汲んで出すことはしない。番茶の手際《てぎわ》というもののないのが宿であると思う。私はそれで安心した。

そのつぎの父の旅のとき、私はもちろん留守を守って待っていた。父はなんともいわず座蒲団へあぐらになった。私はていねいに番茶を焙じてしゅっといわせた。黙って飲んでからにした。

それでも私は父が承知しているなと思った。

褒めてくれないから、まだこれでは足りないのだろうと思ったが、ずっとのちに、座蒲団と番茶を捜すにはちょっと考えたといったら、「そんなのバカだあな。しょっちゅう住んでるうちのなかのことだもの、よくするのはあたりまえだ。考えたなんて口幅《くちはば》ったいこといえるもんじゃないぞ」とけなされた。

このごろ私は出かけて帰って来るとき、きっと玄関へはいらないさきから、娘やお手伝いさんのしておく迎えじたくを、一つも残さず見つけて犒《ねぎら》おうとして、捜しまなこになるのである。


（一九五七年　五十二歳）

註
1 「かいなで」とおりいっぺんの。

お辞儀

まだ若いとき、六帖に住んでいました。夫婦とこども一人に猫一匹。そこへ箪笥《たんす》が角ばり、ちゃぶ台がまるく、小机の上はものが山盛り、棚も壁もいっぱい、らくなスペースじゃありませんでした。しかもまだそのうえに新聞と灰皿とおもちゃが散乱すれば、座ぶとんとは坐るとき以外は、なんとまあ邪魔っけなものか、という狭さでした。

そんな中へ時たまには人も来ます。すると私はネジを捲《ま》かれたようになって、散らかりのお詫びや狭さの申しわけなどをしゃべりだし、妙に丁寧なお辞儀をしなくてはいられなくなるのです。上半身を四十五度にも倒す、あの深いお辞儀なのです。

ところでそこに重い瀬戸火鉢があって、そしてまた私が大柄なからだなので、ひょいと身を折るとお尻がどすっと——火鉢も私もそこよりほか置き場、坐り場がないのですし、毎度のことで気はつけているのに、つい勢よくぶつかるのです。弾《はず》みで折角《せっかく》のお辞儀がつんのめる。お客は反射的に身をずらせる。と、これがうしろのおもちゃ箱を崩すことになって、双方ともその間のわるさ。だから急いで恰好《かっこう》つけちまうんです。よけい真面目にしゃちこばって、しかし今度は互に要心ぶかく、裄丈《ゆきたけ》のつまった小型のお辞儀をし、そこでやっと客は座ぶとんに落ちつくことができ、こちらもほっとしてお茶の仕度にかかるというものです。

狭い場所で大型のお辞儀は駄目です。小型がエチケットだと思います。

私はそれまで、大型のだだっぴろいお辞儀一点張りで、ちんまりしたお辞儀をまるで知らなかった、とはじめて気がついたのです。習慣とはそんなものかと思います。良いも悪いもなく、仕慣れてきたままのことを自覚なくやるのです。でも子供じゃあるまいし、六帖ぐらしと決めたその時から、本当ならお辞儀の切り換えなど考えつき、承知していていい筈《はず》のことですのに、何度も何度も、したたかに火鉢でのめったあげく、やっと鈍く納得したのです。

世の中には理解の早い人も鈍い人もいて、その段落は仕方のないことですが、鈍いしくじりを繰り返しているうち、ある日思い当てて知る、というのが私にとっては、本性による納得のしかたのように思われます。

いま私がささやかな暮しのなかで、ひとさまとお附合《つきあい》をするとき、エチケットまたは行儀として、なんとか間に合わせている事どもは、およそはこの火鉢式の納得からおぼえた、ごく常識的な、こんな程度のことでしかないのです。

こんな時どうしたらいいんだろうと困って、その場その時ごとに、はらはらしたり恥ずかしい思いをしたりして、そのあとでおぼえたことばかりです。作法には古く伝えられている道がありますが、私は先生について教えを受けたのでもなく、作法の書を読んで学んだのでもなく、無学です。ぱりっとしたことは知っていません。

ついでながら申添えておすすめすると、二本立てでいくのが賢明だと思います。勉強派と実地派の二本立てです。私は勉強ぎらいなので、とかくその場になってから、ギュウという目にあって知るやりかたをしがちですが、これは弱いのです。その場になれば、いやでも自分一人です。貧弱な頭脳の総力をしぼって考えてみたにしろ、結局は一人の理解力、工夫力でしかありません。

そこへいくと定跡《じょうせき》を学んだ人は強いです。定跡とは代々幾人もの頭が知恵を寄せ合い、伝え継ぎ、洗練してきたものであり、大勢の力という強さがあります。しかしこれも読んで知っただけでは弱いのです。もともと作法とは礼儀の気持を、形に現わした仕方、やりかたの型なのであり、型は手足を動かさなくてはできませんが、その手足は、頭の承知だけでは、そう器用には動いてくれないのです。しかも何事も定跡通りにと頼る気がおき、その場に従って工夫しようという活力に欠ける。これが勉強派の弱味です。ですから二本立てでなさるのがお得です。

さて、お辞儀ですが、狭い場所では小型がいいと申しましたが、せまいお茶室内ではどういう作法かというと、ここではお菓子を取り廻すにも、お茶をいただくにもいちいち、受けて「ありがとうございます」、ついで次客に「お先へいただきます」という意味のお辞儀がつくのですが、これが決して深く身を折るLサイズの大お辞儀ではありません。両手を膝にしたまま、上体をほんの少しかがめ加減にするだけなのです。軽く静かでいながら、それが実にきちんと自他の別を区ぎり、礼儀のたもたれた正しい姿にみえます。茶室にはすでに早くに小さいお辞儀が示されているのです。学べばすぐわかることです。なにも六帖ぐらしで、火鉢にお尻をぶつけなくても、そんなことはもう何百年もまえに、ちゃんと計算ずみで行われているんです。そういう点、勉強派は苦しまずに知る強さがあり、実地派は苦労して悟っても「なにいってるのよ、今ごろそんなこと。大昔から定跡だわ」と笑われる損勘定になります。

いま都会の住居は新しい設備が行届いて、いかにも便利にできているかわり、見事といいたいほどなキチキチの狭い建て方です。アパートはまたもっと狭い。この傾向は都会周辺の地域へもどんどんひろがって、田舎も、のんびりとは住めなくなるようです。

いまや狭いのは常識で、そういう住居の訪《おとな》い訪われには、客は脱いだコートをすぐ細く片よせ、バッグも身によせて片づけて置く心得がいり、主婦はドア口に客を見たときそこでもう、挨拶の半分がたは済ませてしまうほどに、気を働かせ口を働かせ、何よりもまず早く客を座につけ、自分から先に身ごなしの小さいお辞儀をして、相手にもそう仕向ける心掛けがいります。

けれども、もし多少折目だった訪問で、そんな挨拶では重味が足りないというなら、身をかがめた姿勢のままいくぶん間《ま》をもって、そのあいだに意をつくした言葉を添えてはどうでしょう。茶室の軽い挨拶を思って下さい。十分に改まった形になると思います。

ただしこのときくれぐれも注意が必要なのは、腕と肩のこと。腕をぴんと突張り、肩へむっくり力を集めた形で間をもったら、どんなに上手な口上《こうじょう》をのべても、相手に嫌な感じを持たせてしまうでしょう。

非常にきつい、ちっとも優しさのない姿になるからです。腕も肩も自然に柔らかくすること。突っ張らなくても改まれます。

ここでちょっと、からだのことを申しましょう。ものは使いようというのは、鋏《はさみ》のことばかりじゃないので、身体も使いようなのです。俳優さんは役に従って、あんなに自在にからだを使うじゃありませんか。私たちには俳優さんほどの訓練はいりませんが、同じ身体なのだからちっと気をつければ、少しはましになりもしようか、というものです。

腕を張り肩を盛りあげ、首を低くしてノド声太くものをいえば、それは攻撃寸前のブルドッグそっくりに見える、ということは知っていて損じゃありません。小室で手足の箍《たが》を外せばウジャジャけた感じになり、広間で萎縮すれば干鱈が目に浮くのです。からだの使いようの上手下手は、持主の損得をきめます。折目だって改まろうとしたのが、ブルに見えたのでは礼儀もなにも台なし、いつも私は思うのですが、どうしてこう礼儀作法というのは小憎らしい性質を持っているんでしょう。

ちょっと過不足があると、いま真面目に慎《つつ》ましくやっていることが、たちまちみっともなく滑稽に見え、そしてその滑稽のあとにそこはかとない情けなさみたいなものが来るのです。これはどういうものなのかなあ、と思います。

念のために申しますと、私は若いときブル的干鱈的で、中頃は箍ゆるみだったそうです。親の目から見るとこの箍ゆるみはことに不愉快だったらしく「鱈はどこまで干上っても鱈だが、箍を外しちまえばものはこわれて失せちまう」などと叱られ、しめあげられた記憶があります。ブルと鱈は自分でもわかっていましたが、ゆるみのほうは自覚がないのですから、要するに身体を緩《ゆる》める扱いをまるで知らず、ひどく下手だったので、あんなに親を不快にしたと思います。身の扱いを知るのも作法のうち、知らずにしていて不作法とまちがえられては残念でしょう。「あのひと病気じゃない？　ダルそうね」というのならまだしも「あのひと、からだがほどけてるみたい——ホント、拡《ひろ》がりきってる感じ！」などというのではあまりにかなしい。

でもね、そういわれたら、それがチャンス、気にしてみることです。からだがほどけて壊れてしまった、という人なんかいないのですから大丈夫です。鏡がお手伝いします。ゆっくり鏡の前で、寛《くつろ》いだ姿勢をしてごらん下さい。度ということがわかります。
寛ぎきってしまうと、ほどけになる、ということが目で見てわかってしまいます。実になんでもないことなのです――が、ここが身につくとつかないの分れ道だ、と私は思うのです。あまりらくにわかってしまうので、ああそうかというだけで終って、あとに何にも残さないのです。というより、何にもあとに残らなくても平気なのです。だから鏡からはなれるとまたもう寛ぎも、不作法も一緒くたになってしまう。

　からだで覚えなくては駄目です。だらけている、というのはこんなふうと身の感覚でおぼえるのです。おぼえたということは、身に残ったということで、身がだらけの感覚を知っていれば、鏡のない人前でも、寛ぎか、だらけか、その度はわかるし、不行儀になることをまぬがれます。

　礼儀には作法がいり、作法はからだがもとであり、からだは動作から起きる感覚を承知している必要があります。逆にいうとからだの感覚をよくわきまえている人は、適当な動作ができ、それはしばしば作法にぴたりと叶うことが多い、ということになるかと思います。お読みになれば面倒くさいけれど、たいがいの方は干鱈も箍外れもご存じ、ただちょっと、自分のからだなのだから、使いようは、意識して知っていたほうが得だ、ということです。俳優さんはそれを、自在の域にまできわめている人といえましょうか。

大勢の人がいる広い場所で、少し改まった席で丁寧なお辞儀をしようとして、不体裁にもぽこぽこっと泳ぎだしたことがあります。大体からだが硬い上に大柄なので、立ったお辞儀は苦手です。左右の足のひらきを多少大きくして立つと、安定した礼ができるということを、以前にきかじっていたのですが、さてとなると足をふみはだけるのも恥ずかしいような気がして、ためらっているうちに頭のほうが先走って下って、はっとしたら泳いでいたのです。

あとで教えられたのには、お扇子を両手に水平に持つと、そんな醜態を曝《さら》さないで済むそうです。まず、慣れないことはしないほうが無事。

自信のない作法を敢《あ》えてする場合は、それこそ糞落付《くそおちつ》きとでもいうほどのスローモーションでいくこと。恰好の悪さなどはじめから覚悟の上で、忍耐のしどころは此処《ここ》ぞとばかり、じいっと構えて進退すれば、傷は少なくてすむ。

「あぶら汗は流れるけれど、そういうの、一度やっておくとためになるわよ。捨身の一生懸命さみたいなものだから、力がつくのね」という人もありました。

これは、苦労しなくてはよくはならない、という教訓のようにも聞こえ、また、自信のない動作は、いかにあっという間にヘマをしてしまうか、という誰でもの持っている弱点をついた言葉か、とも思えます。足をはだけるのをためらう気持と、丁寧なお辞儀をしなければという気持と、心が二つに割れたことがあらそわれず形になって現れたのだ、という指摘もうけました。その通りで一言もありません。こわいものです、動作が心の中を暴露してみせているわけです。坐作は安定が、礼儀の第一条件です。

ところで失敗は、失敗そのものにもその人の性格や情況がよくあらわれているものですが、失敗の跡始末の仕ぶりがまた、いかにもその人柄や思い方を示します。私のそのときの跡始末は、慌ててもとの位置へ泳ぎ戻って、ぶすっとしていただけでした。なぜ、お許し下さいましという会釈ができなかったかと、むしろぽかぽかと飛出したことの後悔より、あとの仏頂面《ぶっちょうづら》が情けない想い出になっています。

詫びる素直さがとっさには出てこない、というのは私の性質のなかに確かにあるもので、あとになって一人静かにそう思い至るときは、誰かにガミガミおこられるよりもっとまいってしまう。まあ最初からしくじりを予想しておいて、さてやはりしくじって、そこでおもむろにひとつ、際立った仕種《しぐさ》をしてやろうというケレン味の強い人もいるそうですが、それは唾棄《だき》すべきもので、決して思うべきことではありませんが、一つ失敗すると続いてまたしくじる、というぐらいは心の用意のなかにいれていて下さい。

もう一言ついでに——自分がしくじることだけを気にしていないで、他人の場合も思ってみること。とりなしということもエチケットです。しくじった人を取り巻いて、しいんと見つめているなどはおぞましい。だが、オッチョコチョイにとりなすと、もっと悪い状態になるからご注意。

若いときにはこれも私のレパートリーの一種で、あわてて庇《かば》ってあげようとして、ヘンなこと言ってしまって、一座は大笑い、その人はいよいよ深刻、間にはさまってこちらは火傷《やけど》した苦しみ、誰のしくじりだかわからなくなります。

喜びごと祝いごとの人寄せ、懇親の会、広い席に出る折の多いこの頃です。見ていると、きれいな奥さまなのにかなり粗《あら》っぽいお辞儀の方がいますし、まだ子供っぽいお嬢さんなのに、惚れ惚れするように深く美しい挨拶を、してのけている人もいます。一っ気にすうっと身を折り下げ、両手をバッグにあつめて、うしろ首を清々《すがすが》しくさしのべているのが、なんともかわいいのです。

お年寄で相当もの慣れてみえる人が、半分ほどすっと身を落して、そこで瞬間の間をもち、さらにもう一段ひくくして、いわば節のあるお辞儀をしているのを見掛けたこともありますが、なるほどこうすれば老人でも腰はふらつかないでしょう。鍛えの確かさがみえます。こんな人達を見ると、剣の人宮本武蔵はどんなお辞儀をしたろう、おそらく整った形だったろうなどと思います。いいものを見ると連れていいものを思います。

長口上つきの長お辞儀は禁物です。立った会場では、横にもうしろにも人がいるんです。それに折りかがめた腰はかさ高で幅広で、巨大な感じがあるものです。これをうしろの方へながくご覧にいれておくのは、作法ではないと思います。

お尻の容積の分だけ、きものの裾は吊りあげられているわけです。

奥さまに多い風景で、お嬢さんには見かけません。お嬢さんは長口上など嫌いですし、またできないからかもしれません。しなくて仕合わせです。

洋装の、スカート丈の短い方は、なおさら長お辞儀はだめです。着るものが吊り上るのは同じで、うしろの恰好といったらありません。

膝小僧のうしろに当る窪みと、その上へ一、二寸ほどの部分は、お辞儀のうしろから見た限りでは、すんなりにもなよやかにも映らないようです。関節の裏側といった感じで、この人はずいぶんきれいだけど、この部分にはやはり人体構造の仕組みがでているのだな、という思いがします。私がみたのではちっとも色っぽくはなく、科学的です。

そして握手とお辞儀の二重作法です。どちらだけとも決めかねる今の時勢で、時によると外国の人もわざわざ二重にしたりするのでまごつきますが、お辞儀をしたらとにかく早く姿勢を戻すこと。これもうしろの正面にいる人への礼儀とご承知おき下さい。

告別式。失礼ないいかたを敢《あえ》てしますが、お葬式はお辞儀のあつまりどころでしょうか。お焼香台へと、大勢が列につづきます。みな故人と交際のあった方たちですが、在りし日の懐しさ、いま見送る悲しさ、冥福を祈る淋しさ、感情のある実にさまざまな礼拝です。

そこでなのです。人が多くお辞儀も多いから、何が何だか紛《まぎ》れてわからなくなるだろう、と思というのはちがいます。多いからこそ人さまざまの違いがある並べてひと目に見渡せるものの違いが、のようです。

私はある時、前日のお通夜から台所を手伝って、当日はくたびれてぼんやりしながら末席にいたのですが、あとで遺族たちと話をしたら、割にはっきりと誰がどう礼拝したか、喪主にどう挨拶したかとおぼえていたには、我ながらおどろきました。心が特別に気をつけていなくても、網膜は一度うつした映像を、案外ふかくたたみこんでいるのかもしれませんし、多いというのは時に紛らわしく、時にかえってしっかり見えるのかもしれません。

ぞんざいになる筈はないお辞儀ですが、なんといったらいいか、そっけない人もかなりあるようです。そのぞんざいは大体三種類だ、という話をお葬式なれした人からきいたことがありますが、本来ぞんざいで、しかもそれを自分の持ち味としている人、何かに気のせいている人、場なれないためにアガっている人だそうです。

ぞんざいの色分けなどどうでもいいようなものの、アガるとか気がせくとかは私には他人ごとではない気がするんです。ぞんざいが特色だというのは、もう問題外ですが、気がせくというなら一礼拝――霊前に礼をし、香をくべ、瞑目《めいもく》して心中に祈りをささげ、もう一度礼拝するという一区切りは、たいがい二十秒から三十秒だということです。それを忘れなければ、急ぐことがあっても故人にも喪主にも、礼を失うことはない。

もしかりに宙を飛んで駈けこみ、また宙をとんで去るというほどの大急ぎの場合も、霊前は二十秒、普通人の呼吸で六つ七つのひま、それだけのことを急いで、人一生の最後のお辞儀をぞんざいにしてみても、何の間に合うのかと思います。

場なれないためにアガってぞんざいになった人は、どんなに本意《ほい》ないことでしょう。アガルというのは天婦羅鍋を考えて下さればいい。目方が軽くなって、浮き漂った形です。ほっておくと鍋の中をぐるぐるまわりだします。よく似ているとお思いになりませんか。たいていの場合は、アガったという自覚があって、その恥ずかしさがひどく隠したく、何でもいいから早くその場をのがれたい気になる。だからお焼香などのその早業！　しつこく言うようですが、弱点をさらすとなると、どうしてこうジェット的早さになるのか。早さとは一つの大きな力なのだから、なんとかこれを他で有効に使えないものか、と本気で思うことがよくあります。

アガリをどうすればいいか。熱を下げればすぐ治ります。

熱さを逃がす通路をあければいいので、その通路づくりは自分自分に工夫がいりますが、大体アガった時はものがよく見えず、霞んでしまうようですから、なにか一点を集中してはっきり見ようとすることは如何でしょう。

告別式なら目の行った花輪の、花々のなかの一花をとらえて、それを百合とたしかめ鉄砲百合とたしかめ、うつむきか横向きかと見る気で見ると、すっと落ちついてきて、百合のとなりの花も花輪全部、祭壇全体が晴れてきます。花がアガリ熱の放散路をつとめてくれます。私は子供のころからのアガリ屋で、いまもなおちょいちょいアガっている。そのために長いあいだに、太々しさも具えて来、今ではアガリと太々しさが撚《よ》れ合って年期ものになっていますが、花で助かることもあり、多くは天婦羅鍋です。

　人知れぬわが胸の中だけのこととはいえ、揚げ鍋を思うとは申しわけありませんが、あれは私が手がけてよく知ってるものです。揚ったと同時に、すっと引き出してやるコツを私は知ってます。それで落ちつけるんです。不埒《ふらち》は勘弁いただきたいです。

　でもむろん、アガリっ放しの場合もしばしばです。ある場所でアガリを静めようとして、群から外れて佇《たたず》んでいたら、それがかえって注視を浴び、それに気がついたらなおのことアガって、進退きわまったような釘づけになり、ついに知りあいの一人が出てきて、気分が悪いのかときく始末。でも破裂しそうになって「いいえ、ただ暑いんです」と答えたとたん、草履の鼻緒のかたさを感じて、アガリが解けた記憶をもっています。

　告別式でいちばん丁寧なお辞儀をするのは、坊さんだと思います。職業柄で身になれた、危なげのない大きい礼拝をします。むろん、一期《いちご》の終りを深く悼む心、回《え》向《こう》[1]する心がその形を生むのですが、お寺の本堂で本尊霊柩の前でする礼は立派です。私はよく、法衣の襞《ひだ》に埋まった、大取廻しなそのお辞儀を、感心してみています。宗派によって作法もちがうのでしょうが、こういう大きい形というものには、つくづく伝統の強さというか、古く洗練されてきたものの力というかを考えさせられます。ぴたりときまって、一分の余分も不足もさがせない型です。

これを逆にいうと、大取廻しな身ごなしをしようというには、ちゃんとした勉強が必要だ、というわけになります。坊さんの礼拝に感じ入ったので、ある法事の席で私は真似をしました。ひくい低い、ぺたんこなお辞儀をしたのですが、たちまち口達者な人の笑いものにされ、懲りごりしました。

お仏座に燭《しょく》があって花があって、お供えのお饅頭があって、お尻があって、まことに結構なお焼香だった、とからかわれては堪《たま》りません。言われればその通りですが、それだけにまいります。大型な作法はたいそう魅力的なものですが、それにのみ迷わされることなく、場所、飾りつけ、雰囲気、服装を見まわしてから感心するなり、真似るなりするのが利口です。

ここで少し作法と着るもの、着るものとエチケット等へ触れたくなりますが、いまはお辞儀のはなしですから、喪服もその点でだけにいたします。和洋装とも黒ですが、この黒という色がほんとに頑《かたく》ななくらい、他の色を際立たせます。坐ったお辞儀のときには、裾はどうかするとかなり奥までのぞけます。ことに腰をさげきれず、よくいう押っ立て尻になる人のお辞儀は、両足のあいだから下着の裾の重なりがまる見えになるものです。

それでなくても、必ずかならず喪服の下着は、白あるいは水色のほかは付けない心得がいります。下着に色どりのあるのがちらつくと、うわべばかりは黒に畏《かしこ》まったが、内側はふだん着そのままか、というへんなさもしさを感じさせられます。まだ中学の若い女学生がその人をさして、あのおばさま不潔みたい、と嫌がっていましたが、その年齢にはことにそう映りましょう。不作法というより、不快感があるのです。丁重なお辞儀も裾に裏切られては困ります。

もう一つ、これも矢張りお葬式のおかめ八目[2]で見ることですが、お焼香という動作が頭にあるせいか、香炉前へ進んで香をつまむと一礼し、炉にくべ、顔をふせたまま瞑目礼拝し、それでさっさと離れていってしまう人があります。相手はすでに故人、心の中に俤《おもかげ》をしのんでの礼拝で、それでいいわけですけれど、壇にはまんなかに故人の写真が飾ってあるのです。つね日頃はいつも逢って目を合わせ、別れるときもまた目を合わせて挨拶をしていたというのに、ついの[3]見送りにふり仰ぎもしないのは、なにか本意とちがうような、奇妙な素直でなさだと思います。香をたくのも祈念するのも、その人へのはなむけなのですから、矢張り目を合わせるのが自然であり、別れの礼儀じゃないでしょうか。

時によると故人とは何の縁もなかった人が、誰かの代参で来ることもありますが、代参ならなおさらのこと、故人にちゃんと目を合わせ、代理の意をつくし、悼みの心を現わさなくてはいけますまい。一面識もないんだもの、なんの感懐もわくわけがないさ、とそれもウソでないことはわかりますが、礼儀はどこまでも礼儀、それが出来ないようならはじめから代参は断ったほうが、頼み人のためにも故人、喪主、自分、みんなのために礼儀です。

（一九六四年　五十九歳）

註

1　［回向］死者の冥福を祈ること。

2　［おかめ八目］はたで見ていると、事柄の善し悪しがよくわかること。

3　［つい］最後。

正座して足がシビレたとき

十五日の〝成人の日〟に、彼の家へ、きもので訪ねる予定ですが、話がへたです。それに正座に自信がありません。よい方法はないでしょうか。

（香川県・M子）

彼とは好意、いいえ、もっと深いわかり合いのある交際が進んでいて、けれども彼のうちへおよばれをし、お母さまにおめにかかるのはこれがはじめて。どうか、なるべくいい印象を——というところでしょうか。

窮屈な和服を着、慣れない正座をし、はなしべたが気になる、というのでは、あなたもさぞ心配でしょう。お察しいたします。でも、なんとかうまくいく方法はないかといわれても、どだい無理な注文です。でもねえ、もしあなたが私の娘で、私があなたのお母さんならねえ——。

大丈夫、大丈夫よ。なぜ大丈夫かって？　だってあなた、気が気でなくて、はらはら心配してるじゃないの！　そのはらはらと心配する気があれば、大丈夫なのよ。心をくばることが、心配なんでしょ？　心くばりがあれば、それでもう半分以上は大丈夫、と私は思うわ。

まだ若いんだし、若いから経験は少ないんだし、心配するのが当然で、もし心配もしないで妙にデーンと構えていられたら、それこそ、こりゃちょっと弱脳か、それとも強心臓《こわしんぞう》か、それとも千人万人に一人の偉い人かと、親は逆に不安になるわ。第一、そんなのかわいげがない。

若い娘はのんびりしているだけが能じゃなくてよ、はらはらするのは進歩や会得《えとく》への階段よ。残酷なようにきこえるかもしれないけど、母さんは、あなたがはらはらしているのを見て、安心もするし、励ましもするわ。

話しかたというのはね、上手へたというから、つい言葉をしゃべる技術、というように考えがちだけれど、それちがうのよ。聞こう、話そう、という誠実な気持ちが根本よ。それがあれば通じるんじゃないかしら？　もちろん技術もあってよ。でも技術に先行するものは、聞こう、話そう、という誠実な心よ。

ひととおり世の中を経験した人は、たいがい聞き巧者でね、会話をしているうちに、相手の誠実さと話し技術とをひとりでに区別して聞いてしまうものなのよ。だから、あなたは上手へたなんてことにこだわるのをやめにして、聞こう、話そうと思っていればいいのよ。

よく、そうは思うけど、言葉がすぐ出てこない、なんていうわね。でも、あなたも知ってるでしょ、テレビの有名な野球解説の方が、「なんともうしましょうか」という言葉を好んで使うのを。解説という役目を背負っているその道の人でさえ、言葉に詰まるし、言葉を選ぶのに苦労するんです。ベテランでも、いつも思うがままに、言葉がわき出すものじゃない、しぼり出すような骨折りで、やっといい言葉を見つけることも、しばしばだ、とききます。

損得でいうのではないけれど、あなたは「話しべたの得」ということに気がつかないかしら? 話し上手が得なように、私はへたにも得があると思うわ。へたで苦労しいしい急がずにぽつぽつと言葉を選んで話すのも、わるくないことだわ。話術を知っていて、すらすら爽やかに話すのにまけないだけの力があると思わない? 言葉は渋っていても、明るい気持ちで、彼のお母さまとお話しなさいな。


それから長時間の正座。シビレね。身を動かした拍子や、立つはずみに、すてんと転がるのなど、思ってみるだけでもつらいわね。あんまりはじめからシャチコバルから、いけないのよ。一度すわったが最後、さよならをいうまではもう立つものじゃない、などと思いこむからいけないわ。そんなの気持ちからして、もうシビレがきている証拠よ。

足がシビレてしまわないうちに、何度でも立つ機会をおつくりなさいよ。お床や壁の絵へ話を移して拝見に立つとか、レコードや書物を見せてもらうとか、お茶などのお運びを気軽く手伝うとか、とにかく身を動かすチャンスを工夫することだわ。よくて? 心の働きがないと、からだを動かすことはできないし、身の動きがないと血行がとまって、シビレてひっくり返るのよ。

座ぶとんをすすめられたら、ちゃんと真ん中へお座りなさいね。もじもじと遠慮っぽくひざの先だけ乗せて、不自然な格好したりなんかすると、すぐシビレます。それにそんな座りかた、なんだか貧乏くさく見えて、美しくないわ。ゆったりと座ること。

それから着付け。たびは、気どってぴっちりしたのをはきたいところだけど、この際はオシャレより無事が第一だから、少しゆるめのを使いましょう。新しいのはダメ、一度水をくぐらせて、柔らかくしたのをおはきなさい。

腰ひもや帯や帯揚げの締めかげんは、洋服を着たときのベルトの締め具合を思いくらべて、決してそれより強くはしめないことが必要。それでなくても和服は、洋服のようにすぽんとした筒型のものではなく、かきあわせて着るものですから、座れば腰にもひざにも、布は幾重にもたたまるでしょ？　その分を頭においてゆるく着、ゆったり座るのが大事です。

ところで、それでもなお不幸にも、シビレちまったら仕方がありません。暫時そのままに、シビレているよりほかないわ。そこなのよ、肝心なのは！　現代ふうにいうなら、要はあなたがいかにシビレへむかい合うか、というわけかしら？　シビレると笑いたくなるものよ。笑えばいいわ。泣きたくなる？　恥ずかしい？　カエルみたいな格好だと思ったら彼のお母さまに「私、カエルみたいです」と正直にいえばいいわ。ただ一つ言っては醜いことがあるわ。弁解よ。シビレは最初から考慮のうちにあった弱みでしょ？　この期《ご》になってゴタゴタと弁解はきき苦しいわ。

さて、最後にもう一つ、わかってるとは思うけど念のため。前もって彼にそっと頼んでおきなさいね――シビレてひっくり返ったら、ネ、助けてね、と。

（一九六四年　五十九歳）

平ったい期間

三十もなかば過ぎ、ある意味ではいちばん女がしゃんしゃんしていようという年齢のとき、私は平ったくなっていた。離婚して瘤《こぶ》つきで帰って来たのだから、平ったくならざるを得ないのだった。もっともそれは自分が自分で平ったく平伏していたつもりなのであって、ひとが私を見れば平伏なんぞとは聞いて惘《あき》れるというかもしれないのである。自分では随分ぺたんこになっていた期間だとおもう、離婚から戦争までは。——ときどき思って、戦争とはへんなものだなあとふりかえるが、もしあのとき戦争がなかったらば、私はずっとぺたんこを続けて、いまはもう縄の腐ったみたいになっていたろうとおもう。娘をやりこめる甲斐性も、お手伝いさんに文句をいう土性骨《どしょうぼね》も失っていたろうと思うのである。あのときはそういうぺたんこになっていたのである。いえ、なっていたつもりだった。それが戦争がはじまって、男はいちどにますらお[1]になったし、女も揃ってますらめ[1]になってしまったので、自然ぺたんこが起きあがってしまった。出戻りでも平伏はいらなくなったという感じは、私はいまに忘れられない。しかも平伏からそろそろ起きあがり伸びあがりしてみても、どこからも咎《とが》められなくて、誰も彼もみんなあっちのほうへ眼を向けていて、私の起きあがりなんか、ああありがたい誰も見ちゃあいないんだ、といった状態だった。あの感じを私は忘れられない。誰もそんなことをいう人はいないのはさみしい、私の離婚はそれほど罪ふかいものだったかと思えて。私は私とおなじように、戦争でぺたんこな平伏から赦《ゆる》された女がいないはずはないと思っている。

でも、その平伏期間がずっといってんばりに平伏のみであった、というのでもない。平伏ながらにこちゃこちゃと多少動きまわりもさせられた。だいたい私の父親は、「おれの子供のころには、立ってるものは親でも使え、遊んでるものには遠慮はいらないという一般の調子だったから、それに文句はいえなかった」という育ちかたが浸みていた。ましてや出戻りで手が明いている娘を同居させているとすれば、気にならないわけはない。それに、ぼんやりさせておいてはという親心があったことはもちろんだった。

「おまえたち親子はなんとでも食わせてやれるから、ただ金を取るつもりだけで働きになど出ないでくれ。それより何かしてみないか。博物館へ毎日弁当持ちで行ってみてはどうか」といった。博物館通いは十六七の小娘のときにも一度すすめられたことがあって、いやだった記憶がある。それで、男親なんてものは二十年たっても、おなしことをいってるものだとしか考えず、博物館の勉強をしようなどとはまるで気が動かなかった。むしろ禁じられている小遣取りのほうへ心がかたよっていたが、そこが平伏なのだ、いいだせない。

するとある日、急いでいるようすで書斎から出て来て、「おまえちょいと役に立ってくれないか」という。

「何をやるんですか。」

「覗《のぞ》いて来るんだ、ざっとでいい。」

「………?」

「どこでもいいんだ。そこいらへ行ってお茶の先生の看板を見たらはいって行くんだ。もちろんそこの主人に迷惑がかからないように気をつけるんだ。そしてそこで南坊録《なんぼうろく》[2]をどういうようにして教えているか、そいつを覗いて来てもらいたいんだ。」

「だってそれじゃ入門するんですか。」

「そんなことごたごたいってなくてもいいんだよ。女はなんか一つ頼むと、きまってごたつくからだめなんだ。おれが役に立ってくれといって頼んでいるんだし、おまえに役に立つ気があるなら、すらりとやればいいじゃないか。いやならいやといえば誰かほかの人間に頼むんだ。なんでもないことじゃないか、ただ南坊録をどうやって扱ってるか覗いて来てくれというだけのことなのに。入門のなんのと、行きもしないうちになぜそう自分で合点しなけりゃいけないんだろうな。

おまえの合点の通りに運ぶかっていうんだ。遊んでるひまに行って来い行って来い。」

ぺたんこを感じながら、出かけて行くしたくを今すぐするほうが賢いと思うのである。第一、どっちを向いて行っていいかわからない。第二に入門はその場のなりゆき任せにしたにしろ、絶対そこの主人に迷惑をかけない、とはどうすればいいか。何が迷惑で何が迷惑でないのか、私に範囲は皆目《かいもく》見当がつかなかった。第三に南坊録とはどんなものか知らないのである。女学校時代から南坊録がお茶のほうの虎の巻的な本だということは、どこかで聞き齧《かじ》って名だけは知っていたが、そんなもの読んだことはない。父と大工の棟梁《とうりょう》が、かねわりがどうとかで南坊録がどうとかと、二人で興《きょう》に乗っていたのを知っているきりである。それが私の全知識なのでは、何を覗いて来るのか困るのである。第四にあれほど、ものを訊くには名のっておじぎをしろといって聞かせているくせに、なぜ拙者《せっしゃ》露伴と申すもの、お教えに預かりたく罷越《まかりこ》しましたといって出て行かないのか、それと「覗くと迷惑」とがどう関係をもつのか、そのへんははなはだよくわからないあぶなさがあると思えた。

私だとて三十五過ぎ四十手前という年輩で、子供の使いのように「ついうっかり」では済ませないのだった。けれどもそんなことをいっていれば、ごたつくな、すらりとやれと来る。そうなるといつも私は一つしか行きかたはない。ままよ、なのだ。「行ってはみますが、きょう行ってきょう覗いて、よくも悪くもそれきりでおしまいにするんですか。それとも、きょうだめならあすあさってと続けるんですか。」

「おまえの器量次第でしかたがあるまい。」

それで少しゆとりができた。実は少し心あてを思いだしていた。連れになってもらう人があった。そのひとは生活にそういう趣味も必要もあったのかとおもう、習いに行きたい、一緒にどうだと洩らしていたのをこちらは遠々しく聞いていたが、いまは思いだしてそれが頼りになった。そのひとの都合を訊いたりしてまごまご二三日を過ぎていると、父は不機嫌で、「弱いやつは一人じゃ歩けないんだ」と軽蔑された。

それでもだんだん話を訊きだしてみると、へんなぼろを吐いた。もともとこの家は茶坊主が職業なのだそうだが、父はぶくぶくのお手前などしなかったらしく、誰かに茶も知らないのかといわれて恥を掻《か》いた、それが北海道へ行くまえと聞いたから十九歳以前のことになる。それでいまさら家の人に訊くのも業腹《ごうはら》[3]だし、弟子入りをして習うほどの気も金も時間もない。そのころは道場荒しがはやっていて、それに倣《なら》ったという。看板のかかっている以上表芸なのだから、亭主もそのくらいの覚悟はしているはずだという考えのもとに、「御免《ごめん》」と訪《おとな》って「一服頂戴《ちょうだい》」と申入れるのだそうだ。ところが父の当ったうちは、「御免」といっても人が出て来ない。しまいにおよそ見込に違った見すぼらしいばあさんがちょいと顔だけ出して、「明いておりますものを」といった。覚悟のほどは現われているのである。しかしなんでもなく平手前《ひらでまえ》[4]で一服くれた。が、手前のあいだじゅう、書生さんもしおなかがおすきならお湯漬一つさしあげようがといわれやしないかと思って、いやな気をさせられたという。私はそれを聴きながら、父が今日の時勢のなかで敢《あえ》て私にそれを試みさせようとしているのじゃないかと気づいた。だからなおのこと、ままよになる。ままよはある元気をもたせる。

かりにも道場荒しの傾きがある以上、その構えをまずぐるっとまわった。板塀で囲って相当ひろい建物である。冠木門。門から自然石を敷いて両側が植込《うえこみ》、玄関は見えない。私の合棒は茶目《ちゃめっ》気《け》のある人で、玄関がむきだしでないのを見てとると、十分おちついて観察をしている。その眼を追ったら、ちゃんと金目《かねめ》の庭木を拾っている。これはたまらないと思って私も反対側をずらっと見て行って、半年、すくなくもこの春には植木屋を怠っていると踏んだ。彼女のほうは梅と柳をつなぐ大きな蜘蛛《くも》の巣を見ていた。それから玄関へ行った。「頼もう」以下のすべてを彼女に押しつけて私はあとに退り、鼻だけをもちあげて嗅ぎとろうとした。玄関には茶の湯のけぶりも、道場教場の匂いもなくて、ただ花やかな女衣裳のいろどりのようなものが感じられた。

これなら大丈夫そうだとやや安心して履物を脱いで、とたんにこちんと固くなった。脱いだ履物の始末をどうやっていいか知らないのだし、履物を始末する作法があるということは小耳に聴いている。まるでの知らなさと小耳に知っているのとのあいだに挟《はさ》めて、心身の自由を縛ってくるところは道場の威厳である。それでもあがった以上は一服頂戴もしないで立往生というわけには行かない。「道場へも通らず玄関で一人勝負に眼をまわして倒れた」では、うちへ帰ってどんなぶった斬られかたをするか、それはしばしば承知のことである。三日ぐらい死んでいなくては生きかえれないのである。稽古は幾部屋にも分れて古参新参の順があり、初心の部屋に入れられた。女衣裳の色彩が部屋を鍵に囲んで盛りこぼれ、でもさすがに芝居や音楽会のけばだちはない、と大ざっぱなことしか摑めないほどのぼせている道場荒しは、歩くにもどっちの足からどこを通っていいのだか、すわるにもどうどこへすわっていいのか、まったく進展の自由を欠いていた。せめて、ここにいならぶ人たちは誰ひとりとして、私が親の言いつけで覗きに来ているとは知っちゃいないのだ、と思うことでやっと支えられて。——合棒だって、道場ひやかしとは以心伝心通じていても、南坊録覗きと知ってはいなかった。

ずいぶん長くすわっていた。主婦はこんなに長い時間ひとつところに起《た》ちもせずにいられるものではない。半日留守にしているうちの台所はどうなっているかなと思う。本性はおそろしいもので、そういうことを考えるとたちまち正念がかえってきて、私はすぐ先生の裾を眼に入れた。もっともそれはおそらく私のみならず、いあわせた人みなが見ているにちがいないことだった。衣《ころも》がえをしたばかりの折からだのに、下着の裾ははなはだしくあいまいな色づきかたをした白なのであった。初歩の人につける稽古は面倒なのだから、受持の先生はいずれはこの一門のなかの師範格であろう。これだけ大勢の弟子にあまりの起ったりいたり、連日のことではひまもなくてといわれれば同情するが、それにしても台所女の感覚はあいまいな白をゆるさないのである。

やがてひるになった。お弁当がひらかれると、衣裳のいろどりは一変して遊山的雰囲気を醸《かも》した。そっと訊く。「どのくらいお通いなさいまして。」

「まだ一年ですの。」

「お講義はどんなことを。」

「え？　お講義って？　なんでしょうお講義って。」

「南坊録なんかのお話ありませんの？」

「おほほ、ほほ。それなんのお話？」

私と私を特派した父とはこの令嬢から無手《むて》勝流《かつりゅう》でうっちゃられたにひとしい。なんだか知らないが愉快だった。まだ折目のついていない真新しく赤い袱紗《ふくさ》と小さいお扇子を父の前にならべると、途々考えて来たとおりにちゃんと芝居を打つ気に畏《かしこま》って、あの令嬢のした通りに「おほほ、ほほ」と笑った。

待っていたこととの明らかな父はつられて、わけを知らないなりに上機嫌に笑った。「どうした？」

「南坊録はなの字もない。試合は負けたこともたしか、勝ったこともたしか。」

その場はそれで笑い話に終ったが、翌日父は又、もっとほかへ行って来てくれという。再度の話となると、これは是非なにか父のしごとに必要が生じていると考えさせられる。するとやはり親子の、それも離婚という泣きを見せたあとの老父へ、なんとか償《つぐな》いもしたい情が起きた。一度すれば一度しただけの足しにはなるもので、今度は大ぶゆったりして、でもまた同行二人で出かけて行った。

広い式台の構えだった。時間外だと見えて、内弟子ではないまったくの台所人が取次に出た。それがひっこんで、ふとった老婦人が気取りけもなくゆらっと出て来ると、もうそこへすわって両手をぴたりと突いていた。一瞬おくれて、老衰と肥満を感じさせない軽さですわったのだとわかった。大丈夫にすわっている――といったかたちだった。かりそめに門を叩いたものにも快く迎えている度量が測られた。こちら二人はこもごも適当に挨拶をした。

「これはこれは、近頃おめずらしい御丁寧な御挨拶をいただきまして。」ひゃあと思った。あんまりさらさらと大時代にやられると、四十手前なんかあくを抜かれる。そこへ、「奥様がたはお茶を遊ばすにちょうどいい御年輩でいらっしゃるんですよ」といわれた。

そこの稽古場には南坊録はあった。さほど古参でなくとも、それが何だかは知っている人たちが手前を習っていた。宗匠の老先生が虎の巻的な隠しかたをしないで、折にふれてはなにかと話に出してくれるからである。しかし先生は隠しがましくせずとも、南坊録はひとりでに空たかい雲間にいるというふうであった。しょうがないから私は師範の先生に、なぜ講義の時間がないのかと正面から訊いた。

「まあしばらくお稽古に通ってみていただくんですね。南坊録の講義がいるかいらないか、見ていただきましょう。」

やむを得ないからだんだんと通っていた。稽古は団体生活である。まじめにさせる茶室の空気であり、私もそう勤めた。南坊録はそっちのけで袱紗の稽古、起つすわる歩く稽古である。特徴のある歩きかたをする。能のような、腰を落して摺足《すりあし》に、ちょっと爪先をもちあげた足どりに、腕は弧を描いて脇から放して構える。ゴリラが起って歩くとおもえば似ている姿である。しかも、「白雲の行くように軽く動いて」といわれれば、いよいよゴリラは歩きにくい。父親はそれを聴くと姿見を廊下のはじへ移させて、鏡を見つつくりかえし歩いてみて工夫しろという。自分もゴリラに歩いてみて、「悟空になればなんでもないさ」と叱った。

私は往ったり返ったりした。見物の家人たちは笑って笑ってとまらない。「おまえは猿でもなくて、雲でもなくて、蜘蛛の性分かもしれない。見ていると足高蜘蛛にそっくりだ」といった。腹が立った。

そのうち歩くのはいい加減にして、手前の稽古になった。どうもうまく行かなかった。どこがいけないのか、どことなく悪いということだった。老先生は見て、体《たい》の動きが大きすぎて女手前でなく男手前になっている、それはどこのせいかというと脊骨《せぼね》がそっくり返っているからだと看破された。脊髄の問題になってはいささか不安も生じ、かつ滑稽感も生じてくる。私は一度も医者に脊髄の故障をいわれたことがない。

父親はへんな顔をして、「おまえが小どりまわしでなくて、大どりまわしだという意味なんだろう」といったが、気にしたようすで考えていた。何日かして、「あれはわかったよ。医者より踊の先生へ行ってためしてもらうと、きっと姿勢ということははっきりするとおもう」といいだした。

藤間《ふじま》も花柳《はなやぎ》[5]もむちゃくちゃで出かけて行った。これは覗く道場荒しでもなし、なんとなく習うつもりにされてくそまじめになるのでもなし、はじめからただしてもらうのだから楽だった。お師匠さんの奥さんはソファにかけていて、こちらをとっくりと見て、「男手前だなんていわれたの、気にすることたないと思いますがねえ、りっぱな体格ってわけなんでしょ。」——どこへ行っても大勢をあやなして[6]世を送っている人たちは、挨拶に事欠かないのだ。ただ、いつも正面向きあった挨拶とはかぎらない、斜《はす》にそれての返辞を上手にする心得をもっていた。脊骨はここでもうしろへ反《そ》り気味だといわれ、私はそれで済んだつもりで帰って来たが、「なあんだ、少しの間弟子になればいいのに。おれは飛《とび》六法ってどんな足どりなんだか、うつして来てもらおうと思ってたのに」といわれた。芝居の弁慶の引っ込むあれが飛六法じゃないかと思う、あんな凄《すさ》まじいもの誰が、である。

それでも、折角《せっかく》出かけて行ってなじみになったのに、これなりじゃ勿体《もったい》ないとしきりに勧め、六法のことばかりいうから三四度行った。行くうちに、踊は地の音楽のあるなしだと気づいていよいよ習う気などなくしていると、父親は平然として、「長唄からでも習ってみるかね」とちっとも閉口していない。

「でもおとうさん、長唄は別に探って来る必要ないんでしょ。」

「ああ、あれはわかっているからいいんだ。新しくなったところは、縦書《たてがき》の稽古本を横書にして譜をつけたことだけなんだ」と知っていた。

その後持病の腎臓の衰弱に悩まされて臥《ね》ついたが、あれ以来南坊録も六法もふっつりといわなかった。六法のほうはその当時ヨガの行《ぎょう》のことを調べているようだったから、あるいはそれと関《かん》聯《れん》があるかとも思うが、それにしても浅い。南坊録は町の茶の湯教場でどう扱っているかが理由だったが、それもあまりぼやけたことなのだ。そんなら出戻り娘の手持ち無沙汰に時間を救う方法、元気をとりかえさせる方法かといえば、それだけのための演出とは思えない。それにあの歩きかたの稽古を一緒になって、無邪気といいたいさっぱりした熱心さでやっていたのは、あれは何だったろうと思う。これはこちらの考え過ぎからのことでよくない思いかたかとも疑うが、ゴリラでなく雲でなく、足高蜘蛛に似ているなどといったのも、ただ単に形からいったものではなくて、当時の私の心理状態をよくよく見ていて、ついふといったものなのか。そうとするとあのことは、父の必要というより私への慰めである。が、それにしても書斎から降りて来て、ちょっと頼まれてくれないかといったようすは、急いでものを調べたくていいつけるとき特有の、ならべて置いてある錐《きり》や鑿《のみ》に見るような、静まりかえったこわさがあった。全然必要でなかったとは思えないから、私の齎《もたら》した結果が見当外れであったため、所詮だめだと諦めて遊び半分のあんなことになって行ったのかもしれない。

こんなことというものは、時がたつほどあれは何の意味だったろうと考えるものらしい。平べったく平伏はしていたのだ。私もふざけはしたが、不まじめなほどのいやな気はもっていなかった。父も気まぐれの当てずっぽうではなかった。父の何かの用に必要だったか、私のためなのだったか、とにかく親子は何かをしようとして果さなかったことはたしかのようだ。受けるはずが流してしまったのか、授けようとして渡しきれなかったのか、それともあれはあれだけでよかったのか。すくなくともいまも生きのこっている私には、名残惜しく尾を曳いていることなのである。

あれはいったい何だったろうということは、さまざまなケースでみんなによくあることだと思うけれど、猜疑だとか嫉妬だとか、金とか利用とかいうものを伴わないこんなケースは、淡いかなしみがあって想いだされ、いいものだとおもう。

（一九五七年　五十二歳）

註

1 ［ますらお］［ますらめ］強い男、強い女。

2 ［南坊録］千利休の教えをまとめた茶道書。わびの心のほかに、「かねわり法」による書院などの飾りの理論も記述されている。

3 ［業腹］しゃくにさわる。

4 ［平手前］基本的な茶の立てかた。

5 ［藤間も花柳も］ともに日本舞踊の流派。

6 ［あやなす］あやつる。

包む括《くく》る結ぶ

しばらくのあいだ、よその土地で仮り住みをすることにしたので、身のまわり最少限のものをもって移動しました。寝具や鍋などはそちらで整えることにして、机の上のもの少々、着がえひと通りと雨の仕度、使いなれた湯呑、ごはん茶碗、小皿二、三枚、行ってすぐの間に合うようにとお茶とか海苔とか若干《じゃっかん》の食品、それに替えの履物二足といった荷物です。デパートでくれる紙袋四つで事足りた、いとも手軽な引越でした。私ともう一人と、二人で両手に提《さ》げていった簡便さです。

おかしなことに、こんな少ない荷物なのに荷ごしらえにはやはり私のもちまえというか仕方というか、そんなものがはっきり現れて、苦笑しました。私の好みでは、文具は文具、衣類は衣類とそれぞれにまとめたものを更に折合いよく袋に詰めるやりかたです。荷を解いたときに、早く片付きます。そして、かりにも履物と食品、下着と食器とは一緒の袋には入れないという、なにかこう秩序といったらいいか、決めのようなものがあります。この仕分けがしてあると、気持の上で、すっきりした荷ごしらえになります。

でもこういう個々を区分けするやりかたをすると、さて一つ袋へ詰合わせようとする時、互いにころんころんしていて、うまく組合わず、結局はぶざまで持ちにくい荷物になります。個々はかっちりと固く括ってあるのに、全体となるとそのかっちりが妨げとなるのです。しかしこの荷造り法を私は好きです。うまくいった場合は、内容が多いのに嵩が小さく、小確りしたものになります。これは子供の頃から、しつけられて覚えたもので、学校からではなく、うちの人達からの教えです。

ほかにもう一つ、これは自分で承知した、ルーズな荷ごしらえ法があります。なんでもかまわず、はしからスペースに無駄のないよう、どんどん詰めます。これだと充実してはいりますから、荷物の口数はへりますが、重くて持つのがつらいし、袋も提げ紐もあぶなかしくなる。これは非常時の経験でおぼえた荷ごしらえです。大正の関東震災で逃げだした時、昭和の戦争疎開のとき、そして終戦の焼野原へ舞戻りのときなどに、自然にそういう荷ごしらえの仕方を知りました。とにかく運ぶことが大事な目的であって、きちんともすっきりもすべてご破算の、ぎりぎりいっぱい、あとへは退《ひ》かぬという荷造りでした。乱雑な詰合わせですが、内容豊富でしかも小型に仕上がります。

今度の荷物もこのまとめかたで、ミツは四つの袋のどれもを、ほぼ同じ重さに造ったことです。遠いところへ行くのではなし、荷物だってこんなに少ないのだし、荷造りなんてどうでもいいようなものなのに、些細なこんなことにも自分という女の成立ちや、生きてきた時代や、もちまえがちゃんと出てしまうのですから、今更ながら考えさせられます。私の子供のころには、生活の中には、包む、括る、結ぶといったことが沢山あったのです。これらはすべてルーズにすると、崩れて粗相《そそう》がおきます。しっかり締めることが必要です。

そこで〝締《しま》りっ手〟という言葉もあったわけです。あの子は締りっ手だから、どんな包みをまかせても安心だ、といった工合《ぐあい》にいわれます。この場合の締りっ手は、包む結ぶの点では信用されている、といった意味があります。しかし和裁の稽古所で、あんたはとかく締りっ手だから、襟肩まわしなど気をつけなさい、といわれれば、これは寸法がつまり気味で、窮屈だという叱れですし、あの下駄屋は締りっ手が自慢だけあって、下駄一代、鼻緒にたるみがこない、というのは鼻緒の結びかたの確かな技術をほめていることです。締りっ手とは、ほめにも貶《けな》しにも両様に使われていたように思います。

生活の中に包むこと、結ぶことの必要が多かった昔でも、子供がはじめから上手に結べたわけではなく、どこの家でも親たちに世話をやかれて、おぼえたのです。私はおばあさんから包むも結ぶも習いました。この人は四隅《よすみ》のぴんとした、美しい包みをつくります。こま結びに紐をむすぶと、解くのに骨がおれるほど固く締めます。でもそれはおばあさんが特別に包装上手なのではなく、当時はみな誰でもができたらしいようです。ですから私がぐさぐさな包みをこしらえ、ゆるい結びかたをすると不機嫌で、だらしがないとか、ぞろっぺい[1]だとかいってなげくのです。そのなげきが嫌さに子供の一心で、やがて何でもやたらと固くまとめるようになり、あげくが今でもとかくコチコチに括り、包む傾向があります。家庭生活の中での教えというものは、強いと思います。しみこむもののようです。それだけにまた、こわいことだといえます。

いまの暮しに包むだの、結ぶだのという手のわざはいらなくなりました。袋とテープとホチキスの便利さに代ったのです。私もおかげを蒙《こうむ》っています。老いては手がこわばって、ちょっとしたことにも苦労です。若い人には当りまえな袋やテープは、包む結ぶで暮してきた老人にとっては、感慨ふかい有難さです。

ポイポイと、心をわずらわさず、なんでも投げこんでいける袋の都合よさ、軽快さ。あまり気が楽なので、うっかりしていると、もっと持てる、もっと買っておこうなどという錯覚がおきていることすらあるのですが、これは私だけでしょうか。まさか商店が袋をサーヴィスするのは、そんな心理を狙ったわけではないでしょうが、包むには閉鎖の気味があり、あの紙袋は開きっ放しなのです。よけいに欲しいと思うのは、人の持つ本能的な欲ですし、あの袋の軽快で大きく開きっ放しの口には、気をつけないと、衝動買いの欲をそそられる、と娘と冗談をいったりしますが、それはさておき、ポイポイとものを投げ入れながら、しかし、するともなしにいつか袋の中を、同形同種に整頓し、しかもなるべくすき間なく詰めようとしているのです。おばあさんの昔と今とを、同居させようとしているみたいで、おかしくなります。

おばあさん式整頓型包装は、解いたあとの手間がはぶけ、清潔という良さもある代り、一つ一つがコチコチしていて、ほかのものとの折合いがわるい欠点があります。なんでも一緒くたの荷物は、ゴタゴタと乱雑な代り、物自体が、スペースを譲り合って自然に納まってくれる、融通性があります。

かつて包む、結ぶは、日本人の器用さとしていわれていたようです。時代の推移で、いまその特徴ある手のわざは消えようとしていますが、消え消えの影をしのべばいろんな手いろんな結びの風俗が目に浮かんできます。背負いあきないをする男の大きな荷と、その紺木綿《こんもめん》の大風呂敷を解き、また、ぐいっと結びあげる頑丈な手、酒屋へつかいに行く子が小さい汚れた手で、雑作《ぞうさ》なく瓶の首へ細縄かける徳利《とっくり》むすび、玄関できれいなふくさ包みを解いて、おみやげをさし出す女客のやさしい手つき――包んだり結んだりには情感がありました。名残り惜しく思います。

生活が時代によって変っていけば、それにつれて、それ迄は役立っていた習慣や方法に、消えていくものがでてくるのは、当然の成ゆきです。包むこと結ぶことが、私たちの生活に役立ってきたのは、ずいぶん古い昔からです。

私だけのことにしても、今日までの殆どの期間、つまり六十余年を調法《ちょうほう》してきているのですが、いったい包む結ぶとは、私にとってどういうことだったのだろう、と今になって時々そう思うのです。ただ単に、生活上の一つの方法とか、手わざとかだったのでしょうか。そうもいえなかろうと考えます。

あの固すぎる包みをこしらえて、程のわからない子だといって、よくおばあさんに叱られたのなどは、持って生れたゆとり少ない、片意地な性癖をあばいてくれていたようにも考えます。早くそこへ気がつけば、包むも結ぶももっとずっと私に役立っていたでしょうに、残念なことをしたわけです。ぞろっぺいでも嫌ですが、もし、ふっくり包み、美しく結ぼうとしてこの年月を来たのなら、どんなによかったろうと、愚痴をこぼしています。

おばあさんのように、生活上の技術を教えてくれるのも、家庭の教えです。これも役に立ちます。ただ、技術は技術だけに止まってしまうことが、多いようです。すくなくとも私に包むことを教えてくれた、おばあさんの教えがそうです。悪いというのではないのです。でも、技術の指導は、家庭の教えのうちの一つであって、それだけではまずかろうと思うのです。とまあ大層そうに申しますが、実は蚊の飛んだほどの軽いことなのです。自分に今もって効いている、家庭の教えから思いあててみると、うちでする教えというのは救いの教え、養護の教えというようなのがよくはないか、ということなのです。

小学校にあがれば、学校教育がはじまります。学校は学科ごとの知識を教え、加えてくれます。もちろん人となりの育成も、充分に配慮してくれます。どうもうまく言えませんが、つまり、なにもないところへ知徳を加えるというか、つづめていえば〝プラスする教育〟とでもいいましょうか。それに対してうちの中の教えは、出来の悪い部分を救ってやり、弱いところを養ってやる教えがよいように思うのです。よそのことは存じませんが、私の場合はこれが効いて、心の根張りになっているので、もしひょっと何かの足しにもと臆面ないおしゃべりをいたします。

私は髪の毛がよくありませんでした。人から嘲《あざ》けられました。悲しくて、親に訴えました。そこでいわれたのは、おまえはたしかにうす毛で、毛質はよくない、だが、少なくてふわふわと軽い髪には、目のこまかい櫛を使うと、見よげに結うことができる、という救いでした。器量がわるいといって嘆くと、生気《せいき》の乏《とぼ》しい器量よしより、不器量でも生きいきしているほうが人相よしだし、おまえはオデコが白くて頬が赤くて、元気な皮膚をしている、とはげまされるから目鼻の粗末さにはこだわらず、オデコは白いのだと自分をなぐさめます。

口の大きさをいえば、歯をむきだしにしないことだと教えられ、ずんぐりした指でいやだといえば、そういう手には力がある筈《はず》だ、ためしにものを摑んでごらん、華奢《きゃしゃ》な手より強いだろうといわれ、もう一つおまけに、鳳仙花《ほうせんか》の花で爪を染めてみな、それはきれいな指になるぞ、と魅力のある助言をしてくれます。

音痴で困っていれば、拍子も音楽のうちだというし、裁縫が駄目だといえば、糊を工夫して糊付けにしたらという。縦も横も大きなからだなので、たおやかな人たちの中へ出るのは気おくれするとしょげていれば、動作にも言葉にも、ごまかしをしようとする気を持たなければ、気おくれはしまいという。

明敏でない頭脳を恥じていた時、機械は静かに使っていると、そのうち案外よく動きだすものだ、頭は天然の機械だからな、人並には動くだろうよ、と。頭なんてどうしてみようもないものですが、こういわれると溜息つきつつも、うれしかったおぼえが残っています。

このようなことは、なにも特別な教えというのではないでしょうが、髪の毛にしろ、音痴にしろ、頭のわるさにしろ、私の一生に変らずついてまわる事柄であり、そのさまざまな不出来の悲しみを救い、そのあぶなかしい弱さに手当をしているのです。

私は小さいときから強情っ張りでしたが、継母からも祖母からも、生母の姉の、私には伯母になる人からも、度々叱られたり難詰《なんきつ》されたりしました。咎《とが》められると、もっと突張りたくなるのが強情の本性でしょうか、おおかたは謝らずに頑張り通し、そのたびに納戸へ押しこめられて泣きました。父親は母たちとは違ったことをいいました。強情っ張りは、涙をこぼして泣かないうちは、ものがおぼえられない。おまえはこの先もまだまだ、泣くことが多いだろうが、泣いているおまえを見ていることは、可哀想で、親はたまらない――私もいまは老いて、強情もやや風化したようですが、この救い、一生の教えで忘れられません。

私の強情など、弱虫の居直りみたいなもので、のぼせ上って必死ですから、居直ったあとの打切り時もわかってはいないバカなのです。そんなところへ難詰は、バカを煽《あお》るようなことで、かえって逆効果です。逃げ道をあけてくれている教えは、身にしみて納得できるのです。


継母との折合いがわるくて、悩み続けたあげく、爆発したいような、荒れた気になったことがあります。その時、親は娘の気持がわからないほど、うっかりしてはいない、おまえの耐えがたく思うのも、無理はない、といわれました。わかっていてくれた嬉しさで、もう半分がた気はゆるんだところへ、もし勇気があるなら、最悪の条件へいどんではどうか、最悪とは現在の状況の中に、いま迄通り我慢してみることだ、それが勇気だ、とさとされました。自爆暴走したがる性質を、逆手に取り押さえられた感があります。この性質は、自分をも他人をもあやうくするものだと思います。あのまま突っ走って、家を捨てていたら、私にも母にもその後ずっと、安泰はなかったことでしょう。

釣合いのよさそうに思える縁談があって、見合いをしたところ、先方からすぐにも婚約をといってきました。私にはなにかもう一歩、ふみ切れないものがあって、返事を延ばしていると、ことわられました。理の通らない、曖昧な挨拶で、仲人も私も不愉快でした。

その後わかったのには、その人はこちらへ婚約を申込んだ直後、また別の人と見合いをして、そちらをより気に入ったらしいのです。私は嫌な感じです。でもそこで、きかれたのです。おまえあの男に点をいれていたのか、と。かなり高点をつけていた、と答えると、それなら、いいものを人に譲って、自分がとるよりもっといいことをした、という清々《すがすが》しい気持になれないか、といいます。なれません。馬鹿にするなといいたい、おさまらなさがあります。すると、それなら縁がなくて、かえってよかったようなものではないか、心の尖《とが》った時は、ものごとをすべてをゆったりと考えるのがよかろう、といたわられました。

技術の教えは、時勢にしたがってその技術が不用になったとき、もうそれきりです。しかし、一生ついてまわるであろう性格の、弱点を救う教えは、いつまでも役立って、心の根張りをやしなっています。こんなのは〝教育〟と呼ぶものではなく、まったくうちの中の面倒見、といえばいいものです。もっとも、こういう救いの教えが効くのは、私のように強情で、泣虫で、不平の多い性質にかぎるのかもしれません。

女性の洋装はもうすっかり、日本中に定着しました。とかく保守的で、在来のものに執着したがりがちな、地方のお年寄たちが、いまは外出にも洋装です。デパートでは、相当なスペースをとって、和服の売場を設けていますし、町には呉服専門の粋な店がいくつもあり、それぞれ広い得意先をもっているそうです。

しかし大部分の女性は、家庭でも外出でも殆ど洋装です。和服はごく少ない数だそうですが、それでも和服売場は縮小にもならず、和服もまた滅びないのは、どういうことなのでしょう。私はずっと和服できたのですが、このごろ時によると、まわりすべての現代のなかに、自分だけが前世紀の残りもののような気がすることがあります。裾《すそ》短かな洋装にかこまれると、袖裾の軽快でなさが、たいへんのろまくさく見えて、いやになります。

和服を着通してきた女は、いまや稀少価値だと、よく冗談をいわれます。へんな感じで聞きます。和服に価値があるというのか、着ている女に価値があるのか、どっちを指しているのかと思います。とにかく自分は日本人なのだし、日本の着物をきているのだから、あまり珍しがられると、頭がおかしくなって、錯覚もおこしかねません。

着るものは、学校では裁縫としてしか教えませんし、うちで世話をやいてくれるのでも、その世話のやきかたが他のこととは、ちょっと様子がちがいました。だいたいうちでの教えは、いやにはげしく威圧的にいわれる時と、砕《くだ》けた親しい調子の時とあります。料理のことの世話やきは、テンポがあってさらさらしているのですが、どうかするとくそみそにきつくいわれます。たとえ怒《ど》鳴《な》ってでも徹底させておかないと、食物がまかり間違えば大ごとになるのだ、というのです。

着物はうんと砕けて、話してくれました。

洋服は筒型のもの、和服は筒ではなくて、平型です。筒型は、いわば軀《からだ》に嵌《は》めて着る、あるいは軀を入れて着る、といえましょうか。着物は平型だから、軀を芯にし、左右から掻きあわせて着ます。軀をくるむようにして着るのです。洋服は軀を入れてさえしまえば、それですみます。服のほうが軀に添った寸法で、こしらえあげてあるからです。

着物はそういきません。軀に添った寸法の仕立てではなくて、決った型で、標準寸法で平たい布を平たく仕立てます。ですから、左右から掻き合わせて纏《まと》ったあとが、コツものです。平たいものを好みの姿に、着つけていくのですから、多少手先の器用さもいりますし、神経も張ります。でも慣れていれば、五体の触感と、手先のはたらきと紐何本かだけで、けっこうちゃんと着られます。肩も腰も足もとも、どんな緊縛感があれば、充分いい恰好に、着付けができたかどうか、からだが先刻もう、知っているから、鏡なしでも熟練の人なら、着てしまえるのです。

ところで、洋服は型にもよりますが、口のあいている個所は、襟、手首、裾です。夏は袖がないから、腕のつけ根がガラあきになります。だいたい襟、袖、裾の三か所です。和服は口が多いのです。襟の合わせめ、袖口、ふり八つ、身八つ、裾と五つの開口部があります。しかも帯と腰紐を、もしほどいてしまえば、からだじゅうがあいてしまって、着物は絹ですべりはよし、重さはあり、ほっておいても自然に脱げおち、あられもないことになります。

和服というのは、スナップやジッパーのような、造りつけの締め具がありません。紐だけがいのちの包装ですから、実をいえばかなり頼りないものです。自室のうちであっても、紐を解いたあと、着物を脱がずにもし立って歩こうとすれば、両手で左右の身頃をたぐり合わせたとしても、肩は抜け出る、襟はひろがる、それに裾は扇なりにひきずるし、相当難儀な姿になって、始末のわるいものです。もともとが風呂敷に襟と袖を付けたようなものですから、括り紐を外したら、埒《らち》もなく拡がります。ですから和服は、堅固とはいえない、覆《おお》い布といってもいいような気がします。

でも、嵌めものの洋服にしても、元来が着るものは、脱ぎ、着のできるのが建前になっている、生き身の覆い布であって、鳥の羽根、けものの毛とはちがう、取っ付けもの離れもの的な頼みがたさがあります。

さて、私がきかされた、着物についての教えですが、これは救いの教えといえるか、どうでしょう。

口というものをどう思うか、といいます。何のことか、いきなりでわかりません。門も玄関もみな口だ、というのです。それならわかります。あけ、たてするところはみな口ですし、いろんな意味の口があります。どの口も、口は迂闊《うかつ》にできない場所、気をつけなくてはいけない場所だといいます。

その話がずうっときて、きものの口です。袖口はなんだ、といいます。手を出すところで、手が出なければ不自由だし、恰好もつかない。だからあいている口にきまっています。それだけか、といいます。ほかになにがあるでしょう。

きれいじゃないか、手も袖もきれいで、風情《ふぜい》も色気もこぼれるところだ、といわれておどろきました。着物、着物というくせに、なぜこの要点を見ないのだ、といいます。着物の袖と襦袢の袖が二重にかさなったたいろどりの美しさ、そのいろどりの美しさを、袖口六寸という寸法で区切ったあざやかな演出、この寸法、減っても増えても間が抜ける、考えきった計算だろうに、どうしてそううっかりだ。

女の手首のほそさ、手の甲のなめらかさ、友禅の染色。形と色、からだと布——これだけのものが、自分の手許にあるというのに、そうかねえ、見惚れないかねえ。そう粗雑なこころがらじゃ、風情もいろけも、話したって所詮、無駄だ——急に目があいたように思いました。

腕は肘《ひじ》を伝って、二の腕へつづき、二の腕は肩へ続き、肩の下に腋窩《えきか》です。はじらいのある部分です。ちょうどそのあたりが袖付で、ここにも口があります。脇あきとか、身八つ口とか両様によぶ口です。これは見頃にあいた口です。ほかにもう一つ別の口が、身八つ口と相向かいの、これは袖のほうに、ずっと大きくあいています。ふり八つ口です。考えます。身八つはどうしても機能というか、便利上の必要です。ふり八つも機能的に必要ですが。これは美しさの点でよりよけいに考慮されているように思いました。

身八つ口の機能とは、なんだ、といいます。胸もとや背に手を入れて、衣紋《えもん》[2]をととのえられるようにでしょう。誰の手だ。自分の手です。それだけか。え？　自分の手がはいるなら、ひとの手もはいるわけだ。もし、男の手がその口を犯したら、どうなる。返事ができませんでした。からからと笑われました。

身八つ口とふり八つ口は、袖付を橋にしてつながっているのです。ですから延べにひらいてみると、かなり大きなあき間になりますが、これは胴を巻く帯によって、引きしぼられていますから、普通にはそのあき間が、そんなに広いとはわかりません。もし男の手が、といわれれば胸は案外、さまたげ少なく許してしまうだろう、と思われます。着物は美しいけれど、不安なものだと気付きます。うっかりしてはいられなかったのです。目があいたどころじゃありません。でも父親は、さらさらと、もっといいました。

犯されるなんてことはあるまいさ、その前に逃げる才覚ぐらいは、もっていようじゃないか。だがなあ、好んで身八つをかたくしないことも、時にはあるかもしれない——けしからぬ話だときくもよし、おもしろいと思うもよし。きものはさまざまあるし、さまざまに着る。あまり子供っぽくばかり思って着ているのも、よしあしだからいっておく。

好んで身八つを塞《ふさ》がない時も、といわれたのはショックでした。しかし、ショックのまだあるうちにももう私は、いろんな着物を想像しました。着物じゃないかもしれません。事柄です。事柄にともなう着物の綾といったらいいでしょうか。年頃だったのです。指さされれば、ぱあっと照らされたように、大人の歩く道を想像することができたのです。

こういう教えは、おきらいな方もありましょう。けれども私には役にたちましたし、最もうちの教えらしい教えだとおもいます。うちだからこそ、こういう教えができるのではないでしょうか。着物はいつも、天下泰平で着ていられるとは限らないなどとは、うちのほかのどこで話してくれるでしょう。私の着てきた着物は、残念ながら、ぱっと見映えのするいい着物はありませんでした。着物にともなういろんな出来ごとも、総じて煤《すす》ぼったいようなことが多いのです。

でも、図々しいことをいわせてもらえば、自分の持った着物は知れた数だし、あまりいいものでもなかったのですが、着物は自分のものだけじゃなかった、という思いかたです。ひとさまの着物も着物ですし、デパートや商店にある着物も、また着物です。折あるごとにそういうのを見せて頂き、楽しんだりものをおもったりしてきたのです。強いていえば、このごろは所有欲、着たい欲がうすれて、どこのもの、誰のものでもいい、いい着物をみれば〝われ今日、よきものをみたり〟といった気がして、ひとり満足なのです。

（一九七三年　六十八歳）

註

1 〔ぞろっぺい〕しまりがないさま。

2 〔衣紋〕衿を胸でかきあわせたところ。

はなむけ

自分の子の結婚式はつらい、けっして楽しいばかりのものではない、と娘を縁づけた経験のあるお母さんがたから、かねてきいていたのだが、私もやはり娘の結婚の日につらかった。みなさんは私を「ひとりになるのだから寂しかろう」といたわってくれたが、それはかつて自分が寡婦になったその日から、すこしは心に構えも置いてきたことである。それにこの十年ほどは、短文を書くことをしてきた。これが知らず知らずのうちに「ひとりでいる時間」を持つようにさせてくれた。一つ家にいるのに、ごはんの時以外はまるでかかわりないもの同士のような状態でいる日もしばしばであった。ひとりは半分がた試験ずみである。

それだけに式当日、見違えるようにきれいになって、化粧室から来た娘を見たら、「この子にどれだけのことをしてやったか、産んでこのかたどれほどの愛情なり誠意なりを持ったか。ずいぶん勝手に暮してきた親じゃないか」といった思いがあり、わびたさで気持がくずれこんだ。こちらも新しい紋つきを着ていて、それがなまじっかからだばかりをきちんとさせていて、つらかった。娘の結婚の日は、母親がすなおになって、つらくわびる日なのだと思った。

新しい夫婦が旅行から帰って来る日に、私は引っ越しをした。いままで住んでいた家を若い人たちに譲って、自分は友だちの持家に移った。これが洋式である。私にははじめての板敷き生活だし、手伝いの人たちもみな畳党だし、その上引っ越しの技術がへた○だったので、物はごたまぜになってしまったし、落ちつかないことはなはだしかった。けれどもそれも一週間すると、なんとなく納まった。

納まってみると、さて作文がまことにしにくくなっていた。一段落というけれど、まったく段がついて出来なくなっている。怠りぐせもついたのだし、もともと亡父の思い出からの細い水が元手なのだったから、かれてきているのである。それならどうするかということになる。かれるものやら、まだ細々と流れるものやら、そのへんはまあゆっくり試みるとして、私がきょうこのごろじっとむかいあっているのは、娘が結婚前のあるとき、ぽつりといった「楽しくしている母さんを見て行きたい」である。何をしたらいちばん楽しいだろう。

私は自分が乏しいのか豊かなのか、よくわからない。思っただけでも楽しいことは沢山ある。ただ、今までのところは、がつがつと楽しみを取ろうとしなかったのである。楽しく思うことを沢山持っているくせに、がつがつしないのは乏しい性格なのだろうか、豊かな性分なのだろうか。

かと思う。——何やかやと思ううちに、絞れてくるのが「木」である。これがいちばん楽しいことではないかと思う。

「木」のことへは子供のころから感興が寄るのである。きのうや今日思いつきのことではなくて、子供心から木を親しく思っていた。かといって、木の勉強をしたわけでもなし、木のほうも私に知らん顔をしているけれど、木へは心が寄る。もし万一、なにか木のことが書けたら、と思うときがある。——現在まことにものが書きづらくなっているというのに、もし万一書けたらなどと思う。短文を書いて暮しのみちを与えられ、十年になるのである。十年というのはこうした思いかたをさせる力をもっているし、子供心に楽しく思ったものは、いまもなお楽しいのである。

それにしても、「楽しくしている母さんを見て行きたい」とは、結婚する娘が母に残してくれたはなむけだとおもう。

（一九五九年　五十五歳）

ひとりで暮せば

さきごろから私は一人暮しになった。それまでは娘夫婦といっしょにいたのだが、やっと住むところを得て、若いものは引越していった。

いっしょにいるうちは、家が狭くてこまった。食べるにも寝るにもあまり窮屈なので、しまいにはつくづく「家は箱である。中味はとかくはみだしがちである」などいって笑いあった。だから二世帯にわかれれば、人も減りがらくたも整理され、当然具合よくなるわけだったが、人が減りがらくたが減ると同時に、へんなものが入ってきてしまった。まとまりのつかない隙間というか、始末の悪い空間というか、とにかくあまり快くはない寒々《さむざむ》としたものである。ということは、がらくたで補われていたものがあり、多人数のゆえに補われていたものがあり、狭いために助かっていたところがあり、はみだしそうだと文句をいっていたせいで活気があった、ということにも考えられ、それらのなくなった今、こう白々《しらじら》としているのは結局、住み手に器量がないんだ、というわけになる。

それでなんとかして、この隙間の寒々した空気をふさげたいと思った。私自身の器量といわれれば、それはもう一朝一夕には如何《いかん》ともしがたいから、せめてなにか、ものに頼ってどうにかできないかとおもう。軸の文字や額の絵をおくことは、誰もがする飾りつけだが、あらためて気をつければ、文字や絵のもつ力が、どんなに大きいかわかる。まとまりのつかない空間は、それでぴったりと押えられている。花もまたずいぶん力をもっている。バラ一輪、径二寸がその何十倍の、徒《いたず》らな空間を充《み》たすことかとおどろく。さほどでないのが卓だの座ぶとんだの。これは大きさにくらべてそれほどのひろがりをもたないもののようである。もっとも私の卓はごく粗末な、安手なものであるけれど。


そんな折から、亡父の使っていた机を、いつかそのうち写真にとりたい、と故木内省古《きうちしょうこ》さんのお宅からいわれていたことをおもいだした。机は欅《けやき》で、頑丈づくり、やや低目、ふちに単純なから草がきざんであるだけで、筆がえしのてりなどもなく、ごく平安な形である。省古さんのお作か、省古さんのお父さんの半古さんのお作か、よく私は知らないが、木内家の作であることは確かである。その故に木内家でも撮影の必要があるのだとおもう。

机はいつもは、覆《おおい》をかけておさめてある。父がなくなってもう十五年になるが、時折なにかの入用で持ち出す以外は、ずっと仕舞ったきりである。室に出しておくと、とかくもたもたすることが多く、それでは生前この机を愛して使っていた父も本意なかろうし、また冥福にもなるまいと思うからである。私や娘はもともと机のある家に生まれて暮してきたから、ひとりでに机へは無遠慮にならない習慣がついている。座るにもひとの机へは、膝先三寸の憚《はばか》りをもつし、かりにもやたらと手などふれることはない。けれども机と無縁な人はいくらもいて、そういう人が掃除などしてくれる時、悪意ではさらさらないが、机のへりへかつんと音たてるほどひどく、帚《ほうき》の柄を投げかけたり、どうかするとその帚でさっと机の上を撫でたり、時によれば机はふみ台にされて、欄間《らんま》のはたきかけである。常識では承知していても、掃除という自分の仕事に重点がいっているので、ちょいと踏台がわりにしても、まあ勘弁してもらおうと自分で先に勘弁済みにしている。そこをとがめられては勢い「すみませんでした」とはいかず「用が多いんですからね」ともたつくわけになる。無い子に泣きはみないというが、無い机に文句はつかないのである。使用者を失った机は、しまうほうが平安で静かで利口なようだった。

出してみると机は、やはり案じていたように、不機嫌な顔つきをしていた。しまっておくということは、一方からいえば大切におさめてあることだが、一方からいえば日々の愛情はかけていない、毎日親しくふれあっているのではないということだ。さぞ大事にかけた如くであって、疎遠なのである。机は機嫌のいい顔つきをしている筈《はず》はなかった。艶は失われているし、木目はかわいているし、陰気になっていた。長く日の目をみない上に、人の手のあぶらを受けていないからだ、とおもう。

しかし、やつれてはいても、使いこんだ机には貫禄があった。それひとつそこへ据えたとたんに、えらい模様替えでもしたような変りかたがある。もやもやした障り、しまりのない空間が払われてしまった。そこでおもしろいと思ったのは座ぶとんだった。机の前に座る人はないのだから、敷ものはおいてない。だが、かりに、そこにある客用の座ぶとんや茶の間で使う雑用のを置いてみると、その似合わなさというものはない。机のつくりはごくなみなもので、どこにも目ざましい意匠はほどこされていないのにも拘《かかわ》らず、やはり個性的であるし、百貨店で買ってきた客用ざぶとんは、これはまたひどく没個性的である。私は父が、この机の前におく座ぶとんは、綿うすく布も薄手のものにしてくれ、といっていたのをおもいだす。机の高さと自分のその時その時のふとりかたにもよるだろうが、その机と父とのあいだにある、こまかい神経の行き交いのようなものを、いまは思い及ぼすのである。

机は毎日あらいさらした布で拭いて、いくぶん陰気でなくなった。表面の埃っぽさがとれると、だんだんにかつてあった艶が戻ってきた。だが、そうして手をかけて拭いていれば、当然目につくのがしみや傷である。中央に一本、かなりひどく、斜に曳《ひ》いた傷がある。どうしてそんなむごい傷があるのか、私はしらない。たぶん父のつけた傷ではなかろうとおもう。しかし新しい傷ではない。私は若い頃からそれを見ている。ポッポッと二つのインクしみもある。それもただそっと拭いておくだけである。木目の伸びかたも、子供の時から見なれて知っているもの、この机の横によばれて叱られているあいだじゅう、木目の線をみつめていたことが何度だろう。なつかしい木目である。涙がたまって木目がぼやけると、きまっていわれた言葉も忘れない。「おまえ、なんで泣くんだ。正直にいってごらん。足がしびれたか、それとも腹がたってるのか？」そして「ものを教えてもらっている最中に、むやみと泣くものじゃない」という。なつかしい。

あの頃もその後も、私は無限に父に叱られるうまれつきなんだ、というように思っていたが、なにが無限なものか。三十年四十年はまたたく間だった、いまもう、この机の横に呼びつけ、叱ってくれる声はない。叱られなくなって、叱られる仕合わせをおもう。叱られない環境などちっともいいものではない、私にとっては。叱ってやるのは親の慈悲、とは俺はいいたくないが、おまえたちを叱るのは実は骨が折れるんだ、といわれてさすがの弟も困った表情をしたのなども昨日のようである。その時私も弟に加担したといって、一緒に叱られたのである。そんな想い出はいくつもあるが、いまおもえば父がおこるのも無理はなかったと同情する。私の胸に残っている叱られた想い出の原因は、多くかぼそい、弱々しい事柄が原因である。気宇の大きくなさ、気性のもろさがはっきりしているのである。親はどんなに願おうとも、生れてくる子の器量の大小は、願いのままにはならない。私は父に、気の毒をしたようなおもいをもっている。

しかし、机は頑丈に、重く、そして脚ひくくかまえ、一枚板の甲板はうすく光って、なめらかに、そして心丈夫に、実に心丈夫に平らかなのである。木目にそって思えばなつかしく、甲板にふれてみれば慰さめられる。

ひとり暮しというのは案外、おしゃべりなものであると知った。言葉なき、心のなかのおしゃべりである。こうしたことをしゃべりだせば、限りもない。

写真の撮影はのちのこととして、木内家からは省古さんのお嬢さんがみえた。いまどきこんなにもの静かなひとが、よくもいてくださったものですね、とお手伝いさんがいうほど、しっとりした味のあるひとだった。お嬢さんといってもそれは親子関係をいう言い方であって、もう大学へ行くお子さんのある奥さまである。

机へは寄ろうとせず、自分の席から膝をそちらへ向けて、正面に机へ対面なさった。机が陰の気をかえて、いまは明るいたたずまいになっていることが、せめてもの私のもてなしだった。

机はまだまだ当分、しまわずに出しておこうとおもっている。これを置かなくても、室のなかが締っているようになるまで、机には鎮《しず》めの役をしてもらおう、というのである。

（一九六二年　五十七歳）

一生もの

一生もの、ということを昔はよくいいました。

一生かけて大事にするもの、一生かけて長く使うもの、といったようなことなのですが、その品物は各人いろいろで、髪飾り、指輪などから、着るものなら結城《ゆうき》[1]というようなことです。なにしろ一生ものにする気なのですから、それらを入手する時は、品物はためつすがめつ、満足のいくまで選み、その代りお値段のほうはだいぶ無理がいっても、清水《きよみず》の舞台から飛んでしまうわけになります。悠長な時代でした。はたち代で新調する着物を、四十五十のあとまで一張羅《いっちょうら》[2]にしよう、というのですから着物の色柄も、世の中も地味なものでした。

知人に、そういう一生ものの結城を、時折着て出てくる人がいました。それでなかなかいいのです。ふだんよりずっと、女振りがあがります。地味な着物の下で、からだじゅうが浮々《うきうき》と弾んでいるような、顔にはなにかはにかみの表情があり、うすく上気して——一生ものを着たとき、ふしぎです、そのひとに色気が添わって、きれいでした。

水晶のお数珠《じゅず》を、一生ものとしているひとも何人かいました。肉親への供養か、誰かへの終生の回向《えこう》か、心の奥へは立入れません。でも、ただの喪服の時のおしゃれだ、と陰ではしかめ顔をされているお数珠の主もいて、一生ものも持つ当人と、はた目とでは思惑のくいちがいも生じます。

そこへ行くと、職業をもつ人の一生ものはぴたりとしています。

和裁のお師匠さんがいて、注文でつくらせた象牙のへらを、大事にしていました。それでお弟子がみんなまねをして、象牙のへらです。到底お師匠さんの技術をまねるまでにはいかないとしても、乱雑な針箱の中に、出色《しゅっしょく》のへら一本があるというのは、いいことではないでしょうか。時には師をおもい、時にはまた、ここに一生ものがある、といった粗末にできないおもいもあるのではないでしょうか。

道具というのは、この点が強いと思います。おじいさんの代から客用に使ってきた提煙草盆《さげたばこぼん》など、父を経て、いま三代目の応接間に、三代かけて拭きこんだ渋い艶をみせて、ばっちりと置かれていれば、和洋だの新旧だのを超えて、よく納まっています。

道具というものは、人の役に立ってきた、という力があって強いのだと思います。こうなると一生ものなどは、まだまだ縁が浅い。三生も四生もかけての丁寧な、人と物とのつきあいの厚さが胸をうってくるじゃありませんか。

ところで、ふと気付いて、自分の一生ものとは、何だったろう、と思い返してみたのです。すると、おどろいたことに、これが何もない、何もこれと指すものがなかったのです。自分では、心にかけて、なにかいつもまめまめしくしてきたように思っていたのですが、それがまるでの思込みちがいで、改めて考えれば、髪のもの、指輪、着るもの、家財家具、書画器物《しょがきぶつ》、一生ものと思ったものなど一つも持たず、身辺がらんとして空寂なのです。憮然ともしましたし、こんな筈はないとも思いました。

すると暫《しばら》くして、ひょいと小さな一生ものが出てきてくれました。爪切鋏《つめきりばさみ》です。二十五歳から持っています。全長七センチ、刃は一・五、先の反《そ》った小鋏です。何度もなくし、その都度《つど》そこら中ひっくり返して探す、いわばぞんざい丁寧に扱ってきた鋏です。いうにも足りぬ、つまらない鋏一丁ですが、どんなものにもせよ、一生ものの一つぐらいは、あるほうがいいと思います。

それにつけて、今はもう忘れていたことを思い出しました。戦争では誰もがいろんな思いをしましたが、私も終戦後のあるとき、今後は日々のくらしの中には心に重みのかかるような品物は置くまい、と思いきめたのです。そして最初のうちは、花瓶ひとつ買うにも、気をつけて心の負担になるかどうか、と迷いましたがいつかどうにか、それが身についたのです。ですから私には、特別心にかけるほどの品物というのは、何もないのが当然なのでした。

然《しか》し、品物がないからといって、一生ものがないわけではなく、頭のてっぺんから足の先まで、これはかけがえのない一生ものです。よくまあこの年まで残っていてくれた、と思えば老いの呆け髪も大切にして、この先もどうかよろしくとお願い申せば、これが本当の一生ものです。捻挫したり、骨折したりの手足も今だに、いたわりつつ酷使しますし、心臓肺臓のくたびれは承知しながらも、階段もあがれば坂も歩いて、品物でない、なま身の一生ものとは、いのちある限りのつきあい、使いはたすまで一緒の道連れか、と心強くおもいます。

このほか私は、もう一つ別な一生ものをもっているといえそうです。私はよくひとから、楽しむことが多くて、仕合わせな人だ、と祝福されますが、それは自然を見たり聞いたりするのが好きだからです。花にも木にも哀歓があるし、鳥がはばたいても、けものが欠伸《あくび》しても興味をもちます。四季の移り変りも、雨風も、海も山も、水も石も、私にはおもしろいものだらけにみえます。しかもこれらを見聞きする楽しみは、よその人に迷惑をかけず、自分ひとりで自由に得られる喜びですから、この点がまた気楽です。

子供っぽいともいわれますが、正に子返りなのです。動植物、雨風、川の流れ焚火《たきび》の色に興味をもったのは、子供の頃からだったのです。子供の時におもしろいと思ったものは、一生ものではないでしょうか。

私の場合、いま老いて、ああしたいこうしたいと気の弾《はず》む楽しみはもう少なくなりましたが、その中でしっかり残っているのが、子供の時にもった興味を、いま続けてみようという願いです。三つ子の心にふれたものは、一生ものの中でも、ことに絆のつよい一生ものかと思います。

（一九七五年　七十一歳）

註

1　［結城］結城紬の略。茨城県結城市とその周辺で生産される絹織物。

2　［一張羅］一枚だけの上等のきもの。晴着。

福

ひとにものを贈られて、よろこばない人はいないだろうが、特に深くよろこぶ人を、もの喜びする人、という。私も二、三そういうたちの人を知っているが、つい先日もそういう人に逢った。といっても私がものをあげたのではなく、ほかの人があげたり、受けたりしているのを、私も知合い同士なので、ちょうどそこに居合わせて、はたから見ていたのである。

その人、ほんとうに嬉しそうだった。義理や演技ではなく、本心ヨロこんでいた。贈られたほうがそう喜んでいれば、おくったほうもうれしそうで、それをわきから見ていれば、私もまた気分があかるかった。

このことはもちろん、これだけの事柄なのである。ただ私の心の中には、このことの名残りのようなものが残っていた。それは〝福〟ということだった。ものを贈られること自体も福である。だがあの人はもっと大きな福をもっていた。深く喜ぶという性質がそれだ。深く喜んでいたからこそ、贈り主にもまたはたの私にさえも、たのしいという、いわば心の福ともいうべきものを、ご返礼のように贈ってくれたじゃないか。物の福を受けて、こころの福をおくるとは、なんと清々《すがすが》しいことだ――という余韻が残っていた。

そこへいきなり、サインをたのまれた。いつもは断るものを、なにか虚をつかれた形で、有無なくマジックをとれば、なにかひとこと添えて、という。御多幸をと書いた。二枚目もそう書いた――と思ったのに、見たら御多福を、と書いてあった。

しまった、と思ったがもう遅い。おたふく、とはどうもよくない。女のかたには、ことによくない。気がとがめてたまらなかった。頭の中に福ということがあったので、手がそう書いてしまったのである。福という字を書いて、福とはうらはらな感情をつきつけたろうと思うと身が縮む。

奈良へ住んで半年たつ。ここに暮してみてはじめて、時雨《しぐれ》とはこういうものだったのか、と知った。むろん東京にも、しぐれは降る。晩秋初冬の頃に、ときどきさっと降ってくる雨だが、東京はもう、ものみながあまりにせかせかと、騒々しすぎて、季節もあいまいにぼやけたし、あらし以外の雨かぜなど、どうでもいいような無関心事になって、すでに久しい。

とうの昔に、東京では時雨は名のみである。

明治生れの私でも、これが時雨、と記憶に残るほどのおぼえはもっていない。だから奈良で、ああこれが時雨か、という新鮮な雨に出逢ったとき、感動した。生きているかぎり、人は何歳に老いても、これがはじめて、という新鮮なものに出逢えるのである。

晴れたり曇ったりの日で、午後二時半、折柄晴れて青い空の、北のほうに暗い雲がうごきはじめるのを見た。桜が紅葉していた。まだみどりの葉もあり、黄もあり、紅がなんとも美しい。春にはあの上品な薄色の花をほこる木なのである。なんで秋の葉を、毒々しく下品な赤に染めるわけがあろう。陽に透けば、鴇色《ときいろ》のやさしさを含む紅葉なのである。時折、一葉ふた葉と散る。ひとりほしいままにするには、あまりにみごとな桜もみじ、と思う間に気温が急降下して、雲は早く黒くひろがり、南に一筋せまく陽の光が残り、なにやら異様な空もよう、刈り入れのすんだ広い田から風が吹き、次いで音たてて雨が土を打ってきた。

つい今のさきまで、桜紅葉《さくらもみじ》をみていたのに、その冷えの来る早さ、その雨になる早さ。あたりは一変して、しょうじょうとした侘びしさがただよった。

私は傘を取って、もう一度雨の中へ出た。合成繊維を張った傘へ、早間に降りおろす雨ははっはっと鳴った。強くはない風だが、桜は惜しげもなく、色どり混ぜて散乱した。傘の柄《え》をもつ指先がつめたく、どうしたわけかひしひしと淋しく、人恋しく、立ちつくし、かといってこの淋しさ人恋しさが、七十歳にしてはじめて知った時雨の情感かと思えば、無下《むげ》には捨てかねて、なおひとり佇《たたず》んでいた。

やがて間もなく、雨は上って、ずっと斜めになった陽がもどり、今朝咲いた白いさざんかが、花芯に雫《しずく》を抱《いだ》いたなり、凜《りん》と花びらをそろえていた。まぎれもなく奈良の晩秋の、これが時雨だと思った。

いうならば私の知った時雨とは、変幻の雨、自分の心の中をのぞきこませる雨である。逢いがたき雨に逢った、という喜びがあった。

雨に降られて喜んでいるなど、気が知れないという。が、私にいわせればこれも、もの喜びのうちにはいることであり、あの人のように相手にもはたにも、好感を与えるような上品なわけにはいかずとも、老いて一つでもよけいに、喜び多くいることは、たとえ御多福と書くような失敗はすれ、自分はやはり福物だと、みずから祝う。

（一九七四年　六十九歳）

1964年11月、孫の尚と奈緒と、自宅の庭にて。
左　同日書斎にて。
『婦人之友』1965年１月号より。

あとがき

青木玉

母は明治三十七年に生れ、大正、昭和と生きて平成二年、八十六歳で逝った。それから十四年過ぎた或る日、今年はお母様がお誕生になってから百年になるのですね、と人から言われて、どう受け答えをしたものか返事に窮した。やっとひと息おいて、今、もし居てくれたなら百度目のお祝いが出来たのに、と言うのがやっとのことだった。当節、百歳を祝う方は増えている。何かがっくりと気落ちがして、百年の時の底に沈んだ思いだった。

それが切っ掛けというのではなかったが、折にふれ母の過して来た時は仕合せだったのだろうか、どうだったのかと改めて考えるようになった。当の母が居なくなった後で、今更そんなことを詮議したとて何の役にも立たないとは承知している。ただ、ひと言で百年というが、一人の人でも二十歳の若さ、分別盛りの四十五十から、喜寿を迎える年齢と、その都度考え方に大きな開きが生じると思う。それとは別に、世の中全般の規範というか、以前からの仕来たりといわれる部分は、百年の間に説明の及ばないほどの変り方をしている。

母は六つで生母を亡くした。まだ学校にも行かない幼さで、何をするにも母親の援けを求めただろう。だがその望みは叶えられない。お祖母様にしろ、伯母さんにしろ廻りの大人達は実質的な手助けはしてくれず、ただ良い子になれとだけ繰返す。何も彼もたのしいことはなく淋しさをじっと堪えていても誰れも褒めてもくれない。これでは母ががむしゃらに強くならざるを得ない。この満たされない悪循環を止められるのは母親の懐《ふところ》しかないではないか。遂に居場所がなく裏の榛の木に背中をこすり付けて気を紛らせていると、それも叱られた。叱られたのは、幼い母なのだが、こういう記述を読むと私の感情はそこから離れられず読む度に胸がいっぱいになり涙がこぼれそうになってしまう。

やがて小学校を卒業して、麹町の女子学院へ入学した夏休みに、母は祖父から掃除の稽古を受けた。本のタイトルにもなっている「しつけ」という言葉の意味からは、礼儀、作法を教えることのように考えられるかも知れないが、祖父にすれば、多少丁寧に部屋の掃除くらいは出来ないと、先行き困るであろうという程度のことであり、何もそう大仰な考えではなく、極く普通のことなのだ。ところが目の前に出て来た箒もはたきも使用に堪えない乱暴に使われた道具で、掃除にかかるどころか、先ず道具の調整をしなければならなかった。腹を立てつつ祖父はそれを使いいいように直してしまう。その上何の目的のためにどう考え如何にすべきか、きちんと理窟の裏付けが出来ている。母は驚いたり、あきれたり、面倒がったりしながら、遂に父親の考えに従って掃除に励みを覚えるに至った。その過程が実に順序よく書かれている。本来娘は母親から、何となく掃いたり拭いたりを、見よう見まねで覚えるが、ここでは父親が娘に見せる実地教育が目新しく受け止められたのだ。これこそ父親のする教育だと称賛する向きもある。しかし当の母にとってこれはどうであったか。確かに一本筋の通った祖父独特の稽古であることに違いないが、その翌日から毎日の掃除は若い母一人に科せられることになったのではなかろうか。もし生母が居たなら小言をいいつつ、お互に庇い合って助けたであろうものを。

また、祖父にしても不安定な筆一本の稼ぎは当然その人ひとりにかかり、廻りに誰れが居ようとも、その手伝は出来ないのだ。その上病人を抱えたとなれば、心の傷みは計り知れない。祖父は妻と長女、長男を見送っている。せめて一日の仕事に向い合う時間の静寂を欲したとて当然のことではないか。

母にとって生母に亡くなられたことは、大きな不幸であり、この露伴家の家族みんなの悲しみは、総てそこから生じている。それは当時の日本中に拡がった結核による感染で、多くの人が命を落した。生母も、弟の成豊も、結婚した私の父も結核である。姉は十一歳で隅田川氾濫後流行した猩紅熱で死亡、祖父と母は長く生きたといえるが他の家族は早く亡くなっている。終戦後、抗生物質による治療が行なわれ結核が治る病気になったのは昭和三十年代に入ってからのことである。

昭和二十年太平洋戦争が激化し、空襲により小石川の家は焼失、病中の祖父を抱え、長野、静岡、千葉と住居を転々とするなかで祖父を見送った。食料も乏しく着ることも住むことも、暑さ寒さを凌ぐ手だてもないなかでの看護は、よくもあれだけの看《みと》りが出来たと振り返ってしみじみ思うことがある。

祖父の歿後、思いもかけぬなりゆきから、母は文筆を業とすることになった。私の目から見る限りでは書かれたものに問題はないと思えるのに、母は今ひとつ思い通りではないらしく、ものを書くのは好まないようだった。仕事を仕上げる度に体調をくずすこともよくあった。

母の生きてきた八十六年を考えると、大変だったなと思うことの連続だ。そのどれもが、自分の選択の及ばないことが殆どといっていい。家族の病気も、父親の気むずかしさも、関東大震災も、戦争も、母の心がけでどうにかなるというものではない。そういう避け難い苦労の数かずに母はよくもめげずに切り抜けた。生れ持った陽気な性格と気力体力に負うところが大きい。

ただ娘としては、どうも割りに合わない気がして残念だったが、晩年仕事を通して母は世界を拡げ、好きな〝樹木の見て歩き〟をし、土砂災害の現場を訪ねることなどにより知識も得られ、多くの方々との交歓があったことは仕合せだったと心緩む思いがある。

（幸田文の娘　随筆家）

幸田文年譜

一九〇四年（明治三十七年）
九月一日、父・幸田露伴（本名・成行）、母・幾美《きみ》の次女として、東京府南葛飾郡寺島村大字寺島（現・墨田区東向島）に生れる。この時、長女・歌は三歳。明治四十年に弟・成豊（通称・一郎）が生れる。

一九一〇年（明治四十三年）　六歳
四月、母・幾美が肺結核により死去。享年三十六歳。
秋、隅田川の洪水のため、弟とともに小石川伝通院脇の叔母・幸田延宅へ預けられる。

一九一一年（明治四十四年）　七歳
二月、露伴が文学博士号を受ける。
四月、寺島小学校に入学。

一九一二年（明治四十五年・大正元年）　八歳
五月、姉・歌が猩紅熱により死去。享年十一歳。
十月、父が児玉八代《やよ》と再婚する。

一九一四年（大正三年）　十歳
七月、祖父・成延が死去。享年七十四歳。

一九一七年（大正六年）　十三歳
三月、寺島小学校を卒業。
四月、麹町区（現・千代田区）にある女子学院に入学。夏休み期間中、父から家事全般の教育を受けるようになり、以後、数年続く。また、この頃から、弟とともに横尾安五郎について論語の素読を習う。

一九一九年（大正八年）　十五歳
祖母・猷《ゆう》が死去。享年七十七歳。

一九二〇年（大正九年）　十六歳
四月、弟・成豊が明治学院に入学。この頃から、母のリュウマチが進行したため、文が家事全般をするようになる。

一九二二年（大正十一年）　十八歳
三月、女子学院を卒業し、近所の掛川和裁稽古所に数ヶ月通う。

一九二三年（大正十二年）　十九歳
九月一日、向島の自宅で関東大震災に遇い、千葉県四街道へ避難する。

一九二四年（大正十三年）　二十歳
六月、小石川区表町六十六番地へ転居。

一九二六年（大正十五年・昭和元年）　二十二歳
十一月、弟・成豊が死去。享年十九歳。
十二月、チフスに感染するが、翌月には全快。

一九二七年（昭和二年）　二十三歳
一月、父と伊豆を旅行する。
五月、小石川区表町七十九番地へ転居。
十一月、露伴が帝国学士院会員に選ばれる。

一九二八年（昭和三年）　二十四歳
十二月、新川（現・中央区）の清酒問屋三橋家の三男、幾之助と結婚、芝区伊皿子（現・港区三田）に住む。

一九二九年（昭和四年）　二十五歳
十一月三十日、長女・玉が生れる。

一九三六年（昭和十一年）　三十二歳
秋、築地本願寺近くで会員制の小売酒屋を開店。この年、三橋本店が倒産する。

一九三七年（昭和十二年）　三十三歳
四月、露伴が第一回文化勲章を受章。
十二月、京橋区八丁堀に転居し、小売酒屋を開店。

一九三八年（昭和十三年）　三十四歳
二月、幾之助が肺壊疽で入院、手術をする。術後、文は玉を連れて実家へ戻る。
五月、離婚。

一九四〇年（昭和十五年）　三十六歳
十二月、幾之助、結核のため死去。享年四十四歳。

一九四四年（昭和十九年）　四十歳
十二月、露伴が腎臓を病む。

一九四五年（昭和二十年）　四十一歳
三月、母・八代が死去。享年七十六歳。
三月十日、東京大空襲。八代が住んでいた長野県埴科郡坂城に露伴、玉らと疎開。
五月、蝸牛庵、空襲で焼失。
八月十五日、坂城で終戦を迎える。
十一月、千葉県市川市菅野の借家へ移る。

一九四七年（昭和二十二年）　四十三歳
七月、父・露伴、死去。享年八十歳。
八月、「雑記」を『芸林閒歩　（露伴先生記念号）』に、十月、「終焉」を『文学（露伴先生追悼号）』に、十一月、「葬送の記――臨終の父露伴」を『中央公論』に発表。小石川の旧居跡に家（小石川蝸牛庵）を建てて移る。

一九四八年（昭和二十三年）　四十四歳
七月、父の一周忌に池上本門寺に墓碑を建てる。
九月、「この世がくもん」を『週刊朝日』に、十一月、「あとみよそわか」を『創元』に発表（ともに、五〇年、創元社より刊行の『こんなこと』に収録）。

一九四九年（昭和二十四年）　四十五歳
二月、「みそつかす」を『中央公論』に連載（五一年、岩波書店より刊行）。

一九五〇年（昭和二十五年）　四十六歳
四月、談話「私は筆を断つ」が『夕刊毎日新聞』に掲載される。

一九五一年（昭和二十六年）　四十七歳
一月、「草の花」を『婦人公論』に連載。
十一月、柳橋の芸者置屋「藤さがみ」の住み込みの女中となる。

一九五二年（昭和二十七年）　四十八歳
一月、腎盂炎のため帰宅。

一九五四年（昭和二十九年）　五十歳
一月、「さゞなみの日記」を『婦人公論』に連載（五六年、中央公論社より刊行）。七月、「黒い裾」を『新潮』に発表（五五年、中央公論社より刊行）。

一九五五年（昭和三十年）　五十一歳
一月、「流れる」を『新潮』に連載（五六年、新潮社より刊行）。

一九五六年（昭和三十一年）　五十二歳
一月、「黒い裾」で第七回読売文学賞を受賞。同月、「おとうと」を『婦人公論』に連載（五七年、中央公論社より刊行）。
十一月、『流れる』が東宝で成瀬巳喜男監督により映画化。

一九五七年（昭和三十二年）　五十三歳
二月、『流れる』が日本芸術院賞に決定。

一九五八年（昭和三十三年）　五十四歳
七月、中央公論社より『幸田文全集』が刊行開始（全七巻、翌年二月まで）。

一九五九年（昭和三十四年）　五十五歳
十一月、長女・玉が、医師・青木正和と結婚。同月、新宿区下落合の、女子学院時代からの友人宅の離れへ転居。

一九六〇年（昭和三十五年）　五十六歳
夏、小石川蝸牛庵に戻り、娘の一家と同居。
十一月、『おとうと』が大映で市川崑監督により映画化。

一九六一年（昭和三十六年）　五十七歳
十月、初孫の尚が生れる。十二月、娘の一家が近所に移り、一人暮らしになる。

一九六二年（昭和三十七年）　五十八歳
六月、「台所のおと」を『新潮』に発表（九二年、講談社より刊行）。

一九六三年（昭和三十八年）　五十九歳
四月、二番目の孫、奈緒が生れる。

一九六五年（昭和四十年）　六十一歳
一月、「闘」を『婦人之友』に、六月、「きもの」を『新潮』に連載（九三年、新潮社より刊行）。
夏、奈良・法輪寺の井上慶覚住職から三重塔再建について聞く。

一九七〇年（昭和四十五年）　六十六歳
四月、法輪寺三重塔再建に関する活動を開始する。これ以降、法輪寺の三重塔再建のために奈良と東京の往復をくり返しながら、各地で講演を行う。ラジオで身の上相談を担当する。

一九七一年（昭和四十六年）　六十七歳
一月、「木」を『学鐙』に連載。

一九七三年（昭和四十八年）　六十九歳
六月、奈良市生駒郡斑鳩町法隆寺そばに下宿（翌年七月まで）。
九月、『闘』により第十二回女流文学賞を受賞。

一九七五年（昭和五十年）　七十一歳
四月、屋久島に行く。
十一月、法輪寺三重塔落慶法要（参加は辞退）。

一九七六年（昭和五十一年）　七十二歳
五月、静岡県安倍峠の大谷崩れに行く。以後、富士山の大沢崩れ、男体山、桜島などの地崩れ、地すべりの現地へ出向く。
十一月、「崩れ」を『婦人之友』に連載。
同月、日本芸術院会員に選ばれる。

一九七九年（昭和五十四年）　七十五歳
十月、有珠山麓に行く。

一九八〇年（昭和五十五年）　七十六歳
十一月、鳥取砂丘を見に行く。

一九八一年（昭和五十六年）　七十七歳
二月、能代の砂防林を見に行く。三月、奈良の月ヶ瀬へ梅を見に行く。

一九八二年（昭和五十七年）　七十八歳
十月、青木ヶ原樹海を見に行く。

一九八八年（昭和六十三年）　八十四歳
五月、脳溢血で倒れ、入院。右半身が不自由となる。退院後、自宅の庭で転倒し骨折、再度入院。以降、入退院を重ねる。

一九九〇年（平成二年）　八十六歳
十月二十六日、心筋梗塞の発作を起こす。その数ヶ月前まで、車椅子で散歩を楽しんでいた。
十月三十一日、心不全のため死去。享年八十六歳。十一月二日、自宅にて告別式。池上本門寺に埋葬。

一九九四年（平成六年）
十二月、岩波書店より『幸田文全集』刊行開始（全二十三巻、一九九七年五月まで）。

主要参考文献

『幸田文全集』全二十三巻　岩波書店
『新潮日本文学アルバム』第六十八巻　幸田文　新潮社
『KAWADE 夢ムック』文藝別冊［総特集］幸田文　没後十年　河出書房新社
『幸田文の箪笥の引き出し』青木玉著　新潮文庫

初出一覧

第一章　父露伴のしつけ

個人教授　『国語の教育』一九七一年六月
おばあさん　『中央公論』一九四九年二月
あとみよそわか　『創元』一九四八年十一月
水　『創元』一九四八年十一月　抄録
経師　『創元』一九四八年十一月
なた　『創元』一九四八年十一月
雑草　『創元』一九四八年十一月
啐啄　『女性改造』一九四九年十月
祝い好き　『きょうと』一九七〇年七月

第二章　家事のしつけ

机辺　『短歌研究』一九六五年一月
煤はき　『家庭画報』一九六四年一月
みがく付合い　『木の文化2――木の歳時記』朝日新聞社　一九八四年六月
洗濯哀楽　『花王ファミリー』一九七一年九月

針供養　『うえの』一九六三年二月
間に合わせ　『朝日新聞』一九七七年三月　十一日夕刊
買いもの　『BLCニュース』一九六一年六月

第三章　礼儀のしつけ

にがて　『ひろば』一九七〇年四月
槃特　『露伴全集第十六巻　月報』岩波書店　一九五〇年四月
父に学んだ旅の真価　『旅』一九七〇年十一月
旅がえり　『心』一九五七年一月
お辞儀　『婦人公論』一九六四年六月　抄録
正座して足がシビレたとき　『女性自身』「こんにちは！　お母さんです」欄
　一九六四年一月
平ったい期間　『新潮』一九五七年一月
包む括る結ぶ　『暮しの手帖』一九七三年八月
はなむけ　『朝日新聞』一九五九年十二月　十四日朝刊
ひとりで暮せば　『全国高等学校長協会普通部会会誌』一九六二年三月
一生もの　『うえの』一九七五年十二月
福　『婦人公論』一九七四年一月

本書は、『幸田文全集』（全二十三巻、一九九四—九七年、岩波書店刊）を底本としています。

表記については、原文を尊重しつつ、原則として、旧かなづかいは新かなづかいに、旧字は新字に改めました。読みにくいと思われる漢字にはふりがなをつけています。また、今日では不適切と思われる表現については、作品発表時の時代的背景と作品の価値などを考慮して、そのままとしました。

なお、文末に記した執筆年齢は満年齢です。

幸田文 しつけ帖
2009年2月4日　初版第1刷発行
2021年12月20日　初版第14刷発行
著者　幸田文
編者　青木玉
発行者　下中美都
発行所　株式会社平凡社
〒101-0051 東京都千代田区神田神保町3-29
電話　03-3230-6580（編集）
03-3230-6573（営業）
振替　00180-0-29639
編集協力　二宮信乃
印刷　株式会社東京印書館
製本　大口製本印刷株式会社

ISBN 978-4-582-83423-9
NDC分類番号914.6
四六判（19.4cm）　総ページ248

平凡社ホームページ https://www.heibonsha.co.jp/